MADAME NIELSEN

DAS MONSTER

MADAME NIELSEN

DAS MONSTER

Roman

Aus dem Dänischen von
Hannes Langendörfer

KIEPENHEUER & WITSCH

*

At the bottom of the Darkness
There is a hole
That's where the Darkness comes in
And that is the only way
Out

*

Sagen wir Herbst 1993, die Zeit unmittelbar nach dem Mauerfall und dem Zusammenbruch der Sowjetunion, in irgendeiner europäischen Großstadt, Brüssel oder Wien, vielleicht Paris, bekommt er zufällig eine Freikarte für eine Vorstellung der in Avantgarde-Kreisen bereits legendären New Yorker Performancetruppe The Wooster Group, und nach der »show«, die aus zwei Teilen besteht, der *Fish Story,* einer Wiederverwertung von verworfenem Material und Szenen einer dekonstruierten Version von Tschechows *Drei Schwestern,* und *Emperor Jones,* in dem sich zwei weiße Performer, die Gesichter mit den als (postmoderne) Zitate fungierenden und jetzt nach der Jahrtausendwende nicht nur unmöglichen, sondern politisch unkorrekten und für einen weißen Performer direkt lebensgefährlichen »Blackface«-Masken zugeschmiert, mit je einem Mikrofon und vor je einer Kamera unten vor der Bühne, die keine Bühne ist, sondern nur eine Art flache Stahlkonstruktion, wie eine Indoor-Bohrplattform, die mithilfe einer bestimmt irrsinnig teuren Maschinerie plötzlich in Bewegung versetzt werden und unter langsamem Dröhnen ihre vorkopernikanische Welt und ihre Performer die schiefe Ebene hinunter auf das Publikum zu- oder hintüber aus seinem Gesichtsfeld kippen kann, leise, wie in einer Late-Night-Show (man sieht ihre Gesichter mit grafischen Strukturen verschwimmend auf wechselnden, jeweils in schwarzen Kästen über die sonst nackte Bühne verteilten Bildschirmen, als würden sie sich unter Wasser bewegen) durch Eugene O'Neills Stück aus der Mitte der 30er Jahre nuscheln, geht er gegen den Strom der den Saal verlassenden Europäer, steigt auf die Bühnenplattform, überquert sie und fragt nach der Regisseurin. Am nächsten Tag hat er seine fünfzehn Minuten mit ihr in einem Café, sie trinkt bestimmt einen au Lait, er fragt sofort, ob sie nicht einen charismatischen, jungen, europäischen Performer gebrauchen könne. Wen?, fragt sie. Ein Sekundenbruchteil Stille, dann lachen sie beide, und einen Monat oder zwei, vielleicht nur ein paar Wochen später, landet er am JFK. Was danach geschieht, stelle ich mir vor oder bilde mir ein, dass ich mich daran erinnere, ich habe nicht mit der Regisseurin Elizabeth LeCompte oder einem ihrer Performer gesprochen und schon gar nicht mit dem Star der Gruppe, dem »Erlöser« Willem Dafoe, oder einem der Schatten, die er in und unter New York warf, nur einem freundlichen alten, aber exzentrischen und bestimmt komplett unzuverlässigen Joseph London (nein, nicht Jack, Joseph, das stimmt schon), der behauptet, er habe einige Wochen, vermutlich die letzten, in denen er noch unter den Menschen *auf* Erden wandelte, bei ihm gewohnt, auf dem Sofa im Wohnzimmer seines, also Mr. Londons, Zweizimmer-Apartments in einem Betonblock an der Upper West Side.

Vom Flughafen nahm er die Subway nach Manhattan, stieg an der Canal Street aus und ging direkt weiter nach Soho und fragte nach dem Weg zur Wooster Street und The Performing Garage, wo die Theatergruppe probte. Hier empfing man ihn mit freundlicher, gleichgültiger Verwunderung, anscheinend hatte keiner von ihm gehört, oder gewusst, dass er kommen würde. Es ist mit Elizabeth LeCompte abgesprochen, sagte er, »oh, Liz«, sagten sie, »she's not here, she'll be back in an hour.« Als sie zurückkam, sah sie ihn auch erst verwundert an, dann begriff sie, »oh, you«, sagte sie, »hi, come on in!«, und nahm ihn mit in den schwarz gestrichenen Probensaal, eine voll ausgestattete Black Box mit Zuschauertribüne, zwanzig, dreißig Reihen schwarze Plastikstühle bis runter an die monströse, motorisierte Plattform, die sie über den Atlantik und in halb Westeuropa mit dabeigehabt hatten, präsentierte ihn dem Ensemble als »our new volunteer from Europe« und begann direkt mit den Proben, nicht an einem neuen Stück, es war immer noch die eine der beiden »Shows« ihrer Europatournee, *Fish Story*, die anscheinend nicht fertig war oder vielleicht nie fertig werden, sondern sie einfach in Bewegung halten sollte, wie ein Perpetuum mobile, in dem sie als Kollektiv mit einer dreigeteilten Hierarchie leben konnten, ganz oben »the members« und darunter »the associates« und ganz unten »the volunteers«, die wiederum, ohne dass es je ausgesprochen wurde, ganz selbstverständlich, einander untergeordnet waren, mit dem letzten Neuzugang zuunterst. Doch davon wusste er noch nichts, er war gerade erst gelandet, vom Flugzeug wie von einem Metallstorch über den Atlantik getragen und für ein neues Leben in der Neuen Welt abgesetzt, im Jetlagrausch sah er die kleinste Bewegung, das geringste Zeichen auf der Bühne und wusste sofort, was nicht stimmte oder noch besser gemacht werden könnte, er sah sich als den Erlöser, the missing link zwischen der Avantgarde und den Massen, der mit seiner messianischen Wiederkunft als Star in the U. S. das Unmögliche bewirken würde, ganz selbstverständlich ging er davon aus, dass seine europäische Meinungsfreiheit auch over here galt, »maybe you should try to …«, sagte er, oder »why not let Willem look more directly into the camera«, und mit amerikanisch oberflächlicher Gastfreundlichkeit und »hi, how are you« ließen sich »the associates« und auch »the group members« und sogar die sonst so eisige Königin LeCompte hier am ersten Tag nichts anmerken und überhörten seine Einwürfe bloß so vielsagend wie möglich und machten weiter, als hätte er nichts gesagt, nur die Untersten in der Hierarchie der »volunteers« sahen ihn erst irritiert, dann ärgerlich kopfschüttelnd und schließlich hasserfüllt an, ohne dass er es bemerkte (er sah das Licht nicht, er war es). Ein paar Wochen oder Monate bevor er die Gruppe in Europa erlebt hatte, hatte er genauso zufällig ihren männlichen Star, Willem Dafoe, in dem Film *The Last Temptation of Christ* gesehen, und gleich als er (Dafoe) das erste Mal allein in die Wüste ging, hatte er gesehen, doch erst viel später – als der an sich banale und hoffnungslos amerikanische Film fast oder schon ganz zu Ende war, vielleicht erst Wochen später oder immer noch nicht – verstanden, dass Willem Dafoe nicht Jesus *spielte.* Er *war* Jesus, und es hatte nie einen Jesus gegeben. Vor ihm.

Gegen halb sechs, als die Proben des Tages vorbei waren, packten alle ihren Kram und ihre Taschen und gingen einer nach dem anderen oder, wenn sie denselben Weg hatten, in kleinen Grüppchen die Treppe hinunter, »bye, see you tomorrow«, sagten sie, auch zu ihm, weder LeCompte noch einer ihrer »group members« oder »associates« kam auf die Idee, jemand könnte von Europa hierherfliegen, ohne eine Unterkunft oder wenigstens einen Schlafplatz für die Nacht zu haben. Er hatte so gut wie kein Geld und würde versuchen, es so viele Wochen oder Monate zu strecken wie nötig, bis der Augenblick gekommen wäre, an Dafoes Stelle zu treten und die beiden Propheten in *einen* zu verschmelzen, unten im Bühnengraben und später auf den Leinwänden Hollywoods oder vielleicht an einem ganz anderen Ort (in einer völlig anderen Wüste), von dem er selbst noch nicht ahnte, wo genau der wäre, der sich ihm aber, so seine Zuversicht, wie eine Tür in der *Geschichte* vor ihm auftun würde, just wenn es für ihn an der Zeit wäre, einzutreten und zu sagen oder zu tun, was nötig wäre, um die Massen in Bewegung zu versetzen, er hatte auf dieser Seite des Atlantiks noch nichts zu essen bekommen, darum sagte auch er, nachdem er die letzte Gruppe von »associates« und »volunteers« unten auf der Straße ein paar Schritte begleitet hatte, »bye« und »see you tomorrow« und ging in das Nachbargebäude, The Orange Garage oder The Gourmet Garage, eine ehemalige, in einen Gourmetmarkt umgewandelte Fabrikhalle, und kaufte für nur einen Dollar eines der übrig gebliebenen Sandwiches des Tages und ging damit hinaus in das klare, kalte

Dezemberdunkel. Er ließ sich einige Stunden durch die schmalen Straßen von Soho treiben, überquerte den Broadway, kam am Astor Place, an The Strand vorbei, ließ sich euphorisch jetlagmüde von dem Licht und der Massenbewegung von Menschen und Autos durchströmen, erkannte die brutalen, gleichsam digital abgehackten Sirenen der Krankenwagen und Polizeiautos aus unzähligen Filmen wieder und blieb an einer Telefonzelle an der East 12th Street stehen und verwendete noch einen Dollar darauf, Nummern aus einem kleinen, kopierten A5-Heftchen anzurufen, das er von einer Dame bekommen hatte, die er irgendwo in Europa kennengelernt und die ihm erzählt hatte, es enthalte alle Mitglieder einer zwar nicht heimlichen, jedoch sehr diskreten Organisation gastfreundlicher Menschen in den USA, sogenannte »hosts«, von denen außer Name, Telefonnummer und Adresse ihre besonderen Vorlieben sowie die Anzahl der Nächte oder Wochen vermerkt waren, die sie jeden neuen Fremdling maximal beherbergen konnten. Als von ihr (sie war, sagte sie, der lokale oder europäische »coordinator/facilitator«) empfohlener »guest« brauche er nur vorher anzurufen oder zu schreiben, und war der betreffende »host« zu Hause, könne er bei ihm oder ihr eine im Voraus vereinbarte Anzahl von Tagen und Nächten wohnen, die, so die Frau, oft noch verhandelbar sei,

»our hosts are all very hospitable«. Das Einzige, wozu man sich als Gast verpflichte, sei, dem »host« Gesellschaft zu leisten und sich für seine oder ihre »spheres of interest« aufgeschlossen zu zeigen, was immer sie auch sein mochten. Bei den ersten drei Nummern, die er probierte, ging keiner ans Telefon, und er fing an, sich Gedanken zu machen, ob die ihm bisher unbekannte weltweite Organisation gastfreundlicher Menschen nicht bloß diskret (wie ein Geheimdienst), sondern schlicht fiktiv war, ob das schlecht und anscheinend mit einem Faxgerät kopierte zwanzigseitige Heftchen, das er in der Hand hielt, keine Verbindung zur Wirklichkeit hatte, sondern das ganz eigene kleine Konzeptkunstwerk der Frau oder ihr Traum einer Parallelwelt durch und durch guter Menschen, ihr amerikanischer Traum war, als sich unter der fünften Nummer plötzlich eine Stimme meldete, die »hi« sagte, eine hysterische oder karikaturhaft hohe Männerstimme, nur »hi«, sonst nichts, aber das reichte schon, oh nein, dachte er, bitte kein Schwuler, stellte sich als von dem europäischen »coordinator / facilitator« empfohlener »guest« vor und fragte, ob er eine Nacht oder drei auf dem Sofa oder auch nur auf einer Matratze auf dem Boden schlafen könne. »Oh!«, sagte die karikaturhaft feminine Männerstimme, und dann noch mal, »oh!«, und er dachte, dass dieser Typ klang wie eine Parodie von Andy

Warhol, der wohl auch nur eine Parodie seiner selbst, des Künstlers und des amerikanischen Traums gewesen war, und dass das Heftchen in seiner Hand vielleicht tatsächlich eine Fiktion war, eine Liste mit sehr New-York-haften Namen, Adressen und Telefonnummern und nicht zuletzt »Vorlieben«, die in direkter und äußerst lebendiger Verbindung mit dem wirklichen New York standen, das wohl seinerseits nur eine Parodie davon war, wie Europäer sich New York vorstellten. »Oh!«, sagte die Stimme zum dritten Mal, »you mean now, like in ›now‹?« Ja, sagte er. »Like tonight?« Ja, ja, sagte er, nein, dachte er, nicht »like«, er war mehrere Stunden in den Straßen umhergestreift und hatte mindestens eine Viertelstunde in dieser Gefrierbox gestanden und Nummern getippt, die Finger seiner rechten Hand waren taub, er fror auf ganz und gar nicht *-hafte* Art, er brauchte einen Platz zum Schlafen, und zwar nichts *-haftes,* sondern eine ganz gewöhnliche, *wirkliche* Matratze mit Federn oder Schaumgummi- oder altmodischer Strohfüllung. »Yes, tonight«, sagte er. »Oh!«, sagte der andere, »but we are not really here tonight.« Wir, dachte er, die sind anscheinend mehrere, vielleicht eine ganze kleine Factory, die nicht wirklich hier ist. »Maybe tomorrow«, sagte die Stimme, »but …« »Okay, tomorrow«, sagte er rasch, »I'll come tomorrow, when do you want me to show up, seven thirty

p. m.?« »Oh!«, kreischte die Stimme, »so early?!« »Well, then ten or eleven or twelve«, sagte er. »Okay, twelve, maybe twelve, but just for one night, okay?« »Okay«, sagte er und legte den Hörer auf.

Den Rest des Abends und der Nacht ging er einfach in den Straßen umher, hastig und zielstrebig, mit dem einzigen Ziel, warm zu bleiben. Er hatte zwei Tage lang nicht geschlafen und nichts gegessen außer dem Pilzsandwich, das er sich um sechs in The Gourmet Garage gegönnt hatte, aber seine Erschöpfung wurde paradoxerweise von dem Hunger und dem Jetlag aufgewogen, die ihn immer schwereloser werden ließen, als wäre auch er nur *-haftig* und »not really here«. Die Straßen südlich des Central Park schwirrten vor Licht und Leben, zu keiner Zeit während der Nacht fühlte er sich wie einer der Letzten, ein Nachtschwärmer oder ein Fremder, in jeder Straße gab es Bars, Läden und Fast-Food-Lokale, die offen waren, aber gleichzeitig hatte das Leben etwas Inszeniertes oder Kulissenhaftes, als könnten die leibhaftigen New Yorker darin jeden Augenblick in Musicalgesang ausbrechen und irgendeine Sinatra-artige Person auf einem roten Teppich anspaziert kommen und »I want to wake up in a city that doesn't sleep« singen, während die Obdachlosen, die in ihren klischeehaften Pappkartonhöhlen und Pappkartonstudios und Pappkartonlofts unter

Gerüsten und in dunkelsten Seitenstraßen parat lagen (oder diskret und höchst realistisch mit etwas herumhantierten) und natürlich fast alle Schwarze waren, von ihrem Kulissenleben aufspringen und zu tanzen anfangen würden, nicht Breakdance oder Electric Boogie, sondern guten alten Broadwaymusicalnegertanz. Alle fünfzehn oder dreißig Minuten ging er in einen Kiosk oder Tattooshop oder Buchladen oder einen der vielen kleinen Pizza-Slice- oder Bagelshops, um sich aufzuwärmen, und schaute ein bisschen in die Regale, die Speisekarte oder auf die Tafel über der Ladentheke, bis einer der Angestellten ihn fragte, was er wünsche, »oh!«, sagte er, »maybe, just like … nothing«, und lächelte, als wäre er bekifft oder auf sonst irgendeinem Trip, und ging wieder auf die Straße. Irgendwie passte es ihm sehr gut, dass er hier, in seiner ersten Nacht in New York und der Neuen Welt, nirgendwo hinkonnte, das erlaubte ihm, einfach nur zu gehen. Eine Sache, die ihn bei seinem ersten Besuch einer Millionenstadt interessierte, war just die Möglichkeit, sich zu verlieren, plötzlich nicht zu wissen, wo in aller Welt er war (und wie er je zurückfinden sollte), von einer Architektur und einer Ordnung umgeben, die über seinen Verstand ging und wo die Menschen sich auf eine Art und nach Regeln bewegten, die sich ihm nicht unmittelbar erschlossen, sodass jeder Schritt, jede Bewegung, jeder

Anflug von menschlichem Kontakt in gewissem Sinn das Leben galt und es kosten konnte, die Möglichkeit, dass die Begegnung, dieser clash of civilizations zwischen ihm und dem unmittelbar Unbegreiflichen, die Tür sein könnte, durch die er in eine ganz neue Art, die Welt und die Menschen, *das Leben* zu denken, hinaustreten könnte. Deshalb irritierte es ihn, dass Manhattan so überschaubar war, nicht im Geringsten fraktal oder chaotisch, das schlichtest denkbare Muster von Straßen, die dazu noch nummeriert oder alphabetisch geordnet und nicht kyrillisch oder in einer für ihn auf den ersten Blick unbegreiflichen Sprache beschildert waren, sondern leicht zu lesen wie ein Mickymaus-Heft, jede Sekunde während der Nacht wusste er genau, wo er war, er fühlte sich nicht das geringste bisschen fremd, im Gegenteil, er fühlte sich noch scheußlicher zu Hause als je zuvor. Nur der Broadway, der ansonsten aussah wie eine Kopie des echten Broadway, der sich bestimmt im Disneyland Paris befand, konnte ihn einen Augenblick lang überraschen. Als anscheinend einzige Straße nördlich der Houston Street und so weit oben in Manhattan, wie er in dieser ersten Nacht kam, lag er nicht linealgerade in Nord-Süd- oder Ost-West-Richtung, sondern schlängelte sich in seinem mittleren Teil fast ganz natürlich wie ein Fluss hoch durch das Straßennetz und tauchte jedes Mal an einer leicht anderen Stelle auf, als er gedacht hatte, doch ohne dass er einen Augenblick gemeint hätte, sich verirrt zu haben, oder sich fremd vorgekommen wäre, im Gegenteil, in gewisser Weise fühlte er sich dadurch noch mehr zu Hause, als liefe er durch sein Kindheitsviertel und spielte mit seinem besten Freund Verstecken, der dann und wann hinter einer Ecke hervorgesprungen kam und »Ich bin hier!« rief.

Während seiner Zeit in Moskau, beinahe täglich, auch nachdem er schon mehrere Monate lang in der Stadt gelebt und sie durchstreift hatte, und selbst an Orten, an denen er schon viele Male gewesen war – in der Metro, im kolossalen ВДНХ-Park, in dem jede Wissenschaft und jeder materialistische Produktionssektor einen eigenen Pavillon in stalinbarockem Betonklassizismus hatte, mit monströsen Säulen und Friesen und Statuen übermenschlich muskulöser Frauen und Männer mit für die betreffende Wissenschaft oder Industrie symbolischen Instrumenten oder Werkzeugen in den Händen, und innen Autoausstellungen, Modekleidung, Toshiba und Rank Xerox, oder draußen in einer der Vorstädte, Ясенево zum Beispiel, wo in den Lücken zwischen den zwanzig oder dreißig Etagen hohen Betonblöcken noch Wald stand, durch den sich die nunmehr ehemaligen Vertreter der Gattung Homo sovieticus wie Steinzeitmenschen auf per Zufall und prähistorischer

Intuition getrampelten Pfaden umherbewegten –, befand er sich plötzlich mitten in einem Gedränge oder Menschenauflauf um etwas herum, ein Ereignis, eine Begebenheit, einen Konflikt, den er bisweilen nicht einmal lokalisieren konnte, irgendetwas ging definitiv vor sich, aber er verstand nicht, was, eine heftige Spannung, die die Menschen anzog und von der auch er sich nicht losreißen konnte, plötzlich und ohne es zu wollen war er völlig versunken, in einem Zustand intensiver Unaufmerksamkeit, in dem jemand (plötzlich) leise mit ihm sprach, ohne ihn anzusehen, bis ihm allmählich dämmerte, dass er von Männern … nicht umringt, sondern nur diskret umgeben war, junge und ältere, sie mochten alles von zwölf bis sechzig sein, und sie waren keine Zivilpolizisten oder eine andere Art von Staatsmacht, sondern gewissermaßen ganz gewöhnliche Männer *wie jeder andere,* die ihn, ohne dass andere es bemerkt hatten oder davon Anschein gaben, aus der Menge gelöst hatten und irgendetwas von ihm wollten, er verstand bloß nicht, was, nur, dass es das Leben galt und dass alles, was er bisher in seinem Leben gelernt und gedacht und eingeübt hatte, in dieser Situation und diesem Jetzt nichts taugte; wenn er hier lebend davonkommen wollte, musste er etwas tun, was weder sie noch er vorhersagen konnten. So eine Chance würde sich ihm hier nie bieten, so ein Riss im Jetzt, so eine Öffnung hin zu etwas Unbegreiflichem war in New York undenkbar. Sogar als er auf der anderen Seite von Chelsea herauskam, in der West Street und auf der Eleventh Avenue, wo es so gut wie kein Leben gab, hauptsächlich Lagerhallen und geschlossene Werkstätten, hier und da eine »bodega« oder ein Diner, die vielleicht, vielleicht nicht geöffnet hatten, und gegenüber der rohe Betonkai zum Hudson River und der eisige Westwind, gab es keine Überraschungen, selbst hier draußen in einem ihrer Outskirts, der etwas heruntergekommen sein sollte, kam ihm die Stadt banal vor, wie eine Show, die seit drei oder fünf Jahrzehnten vor ausverkauftem Haus läuft, während die Kulissen immer mehr verlottern und die Stars der Erstbesetzung nach und nach von neuen Generationen immer schlechterer B-Schauspieler ersetzt werden. Sicher, man kann ohne Grund (oder Motiv) überfallen und niedergestochen werden, dachte er, nur wäre nichts Mystisches oder Rätselhaftes dabei. Seine Strategie hier in dem neuen Imperium konnte also nicht bloße Wiederholung dessen sein, was er in der Alten Welt getan hatte, es brauchte unbedingt etwas anderes, eine neue Art, sich zu bewegen, zu handeln und *aufzutreten,* aber welche?

Es war gegen halb fünf, er folgte der West Street nach Norden, links auf einer viereckigen Industrieinsel, die vom Kai in den Hudson ragte, standen zwei große Kräne, die gereckten Hälse über die sechsspurige Straße ins Mondlicht gedreht, das sie wie Skelette leuchten ließ und ihre Dinosaurierschatten auf die obersten Stockwerke eines der fast rußschwarz-roten, wuchtigen und sehr manhattanhaften Industriegebäude mit zickzackförmigen Feuertreppen vom Anfang des Jahrhunderts warf, die ein paar Blocks weiter drinnen im Viertel standen, von Zeit zu Zeit kam ein dunkler Wagen oder ein gelbes Taxi eine der sechs Spuren entlanggedröhnt, dann war alles wieder verlassen; er ging an Lagerhallen mit geschlossenen Toren vorbei, einem Diner mit dem Namen »Diner« mit einem älteren Mann ohne Kellnerbekleidung unter der Leuchtstoffröhre hinter dem Tresen und niemand an den vier Tischen, die einzeln nebeneinander an der verbeulten Plexiglasscheibe zur Straße hin standen, mit je einem Ständer mit Pfeffer, Salz, Tabascosauce und Heinz' Ketchup auf den rot-weiß karierten Plastiktischtüchern; hundert Meter weiter nördlich stand eine Eisentür offen, aus der im Vorübergehen ein schmaler Streifen Licht an ihm hochstieg, jemand rief ihm etwas hinterher, und er drehte den Kopf und sah ein Häufchen junger schwarzer Typen, die im Halbdunkel vor der Tür standen. Aus dem fensterlosen Gebäude, sicher eine Art Club, drang schon zutiefst traditionelle House-

Musik, der typische »Gangsta«-Rap und quadratisch-behäbige Beat, der alles, wie virtuos oder groovy der Rapper es auch runterleierte, auf eine Wiederholung von Sachen reduzierte, die schon Hunderttausende andere vor ihm gerappt hatten, er sah die Typen an, und sie ihn, und einer von ihren rief, »whatdefuck-yadinkyalookinatman«, und er dachte, dass er laut Skript nicht antworten brauchte, noch nicht, weil er der Weiße und damit Wertvollste war und der Einzige von ernsthaftem Interesse, also ging er weiter die Straße entlang, und die sechs oder sieben Typen folgten ihm und nahmen ihre Plätze in dieser Performance ein, drei, vier seitlich gehend rechts von ihm, einer links, zwei dicht hinter ihm und ein einzelner nicht sonderlich elegant rückwärts stolpernd vor ihm. Ihre Kostüme waren billige Kopien der ihrerseits nicht sehr originalen Gangsta-Rapper in dem Musikvideo zu der Nummer, die langsam hinter ihnen auf der mondbeschienenen Straße verhallte – schwarze »caps« oder Strickmützen mit einem kitschgotischen »Body Count« oder »Task Force« auf der Stirn, schwarze, stramm sitzende Tanktops, glänzende Polyesterjacken mit weißen Schulterstreifen und so gut wie alle mit Sonnenbrillen und einer dicken silber-*haften* Kette mit einer kleinen Silberpistole oder einem Dollarzeichen um den Hals, die ihnen vor der Brust baumelte, als sie sich ihm halbblind stolpernd zuwendeten –, eine Art nur seinetwegen aus Harlem oder The Bronx oder von drüben aus New Jersey geholter »volunteers«, eine fragwürdige Szene, die garantiert rausgeschnitten werden würde. Einer der Typen rechts von ihm hatte ein Messer, mit dem er hantierte, damit er es sehen sollte, vergaß dabei aber, die Klinge im Mondlicht blitzen zu lassen, und der Kerl zu seiner Linken hatte eine Ausbeulung in der Jackentasche, die wohl eine Pistole darstellen sollte und sicher auch eine war, »whatdefuckyadinkyalookinatman«, sagte er, und er dachte, dass jetzt vielleicht der Moment war zu antworten. »Haven't I seen you guys before?«, sagte er. »Whatayamean«, sagte ein anderer, »where?« und »whatafuckyatalkinaboutman?« Einer der Typen hinter ihm knuffte gegen seinen Rucksack, der kein Backpacker-Rucksack war, bloß eine kleine Rückentasche, in die man ein Handtuch, ein Paar extra Shorts, ein Buch und eine Tube Sonnencreme wirft, wenn man an den Strand geht, »whattayagotinthabagman?« »My life«, sagte er. »Whattayameanlife?«, sagte einer der anderen. »A notebook, some pens, but no eraser, toothbrush, toothpaste, a pair of jeans, two panties, a T-shirt and an extra sweater, you want it?« Keiner antwortete, aber ein paar von ihnen nickten langsam, als versuchten sie zu verstehen, was das bedeuten sollte. »An' downtherman?«, sagte der Kerl mit dem

Messer und ließ es von seinem Schritt höher über die Jacke streifen. »My guts«, sagte er, »my passport and maybe a hundred and fifty dollars, but I guess you guys are worth more than that, ain't you?« Er drehte den Kopf und sah die zwei an, die hinter ihm gingen, erst den einen, dann den anderen, dann die drei rechts von ihm, dann den, der noch immer und jetzt ein wenig eleganter – er war anscheinend dabei, sich an die Rolle zu gewöhnen – rückwärts vor ihm herging, und dann den zur Linken, sah ihnen in die Augen, und sie sahen ihm in die Augen. Dann stolperte der Kerl vor ihm, der nächste neben ihm packte ihn am Arm, sie kamen kurz aus dem Tritt und blieben alle miteinander stehen, während er weiter die West Street entlangging, jenseits der Grenze ihres Reviers. Die ganze Szene hatte nur ein paar Häuserblocks gedauert, zwei unbedeutende Nummern im »grid« der Stadt, zu keiner Zeit hatte er seine Schritte beschleunigt oder verlangsamt, es war rein gar nichts geschehen, das nicht bereits geschehen war.

Als die ersten »associates« und »volunteers« gegen halb zehn mit je ihrem Take-away-Coffee vom Kiosk an der Ecke von der Canal die Wooster Street entlangkamen, stand er schon an The Performing Garage vor der Tür. »Oh, you're back?«, sagte einer der »volunteers«, »yeah«, sagte er und kam mit hoch.

Keiner fragte ihn etwas oder bat ihn, etwas zu tun, er sah sich ein bisschen im Büro um, blätterte in einem Buch über die Arbeit der Gruppe seit 1975 und der neuesten Nummer von *BOMB Magazine,* las ein Gedicht mit dem Titel *American Noise* und der Zeile »casual traffic and nothing at all« und ging in den Saal und die Tribüne hoch zu den Technikern, die dicht unter der Decke die Köpfe über ihre Pulte beugten. Der Tontechniker checkte gerade das Arsenal und die möglichen Kompositionen von Klängen für die Proben des Tages, darunter kein einziger Klang von Musikinstrumenten, weder physischen noch elektronischen, aber auch keine Geräusche von außen, es war das Geräusch der Garage selbst, des Lebens in ihr (das kein Leben war, sondern Proben für etwas, von dem er nicht wusste, was es war: Schritte, Husten, Gemurmel, Regen auf das Garagendach, Knistern der Elektronik, eine Tür, die ins Schloss fällt, ein Reißverschluss, der *auf*gezogen wird), das – ohne in irgendeiner Weise bearbeitet oder verzerrt zu werden, allein in dem Muster, das die Geräusche *mit der Zeit* zusammen hervorbrachten (und nicht schon jetzt, erst, wenn das Muster entstand oder sich gleichzeitig mit dem Leben auf der Bühne entfaltete, das keine eigentliche Vorstellung war, denn es stellte nichts dar) – ihn schon während der ersten Show in Europa etwas hatte hören lassen, das er nie im Leben zuvor gehört hatte und von dem er wusste, es war der Klang einer anderen Welt. Er stieg die Tribüne hinunter und probierte eine Reihe von Klappstühlen aus, die alle vollkommen gleich waren, um den genau richtigen mit dem idealen Abstand und Winkel im Verhältnis zum Bühnenpodest zu finden, bis er einsah, dass es völlig egal war, wo er sich hinsetzte, jeder Stuhl war der verkehrte und völlig ideale, er konnte genauso gut stehen bleiben oder einfach umhergehen, aber das hatte er ja schon die ganze Nacht lang getan, also setzte er sich hin. Die nächsten Stunden saß er nur da und betrachtete die Bühnenplattform, auf der sich noch keine »show« oder eine Probe zu einer solchen abspielte, aber dennoch die ganze Zeit irgendetwas geschah, das nicht wert war, seine Aufmerksamkeit auf sich zu ziehen: Hin und wieder ging ein Techniker über die Bühne, kniete sich hin und verband ein Kabel mit einem der vielen schwarzen Videomonitore, der Schirm »flimmerte«, schwarz-weißer »Schnee« oder Bilder von einigen der abwesenden Performer, die eine Art Synchrontanz in ihren merkwürdigen Kostümen vollführten, die ihrerseits nichts darstellten und wohl überhaupt keine Kostüme und auch keine Kleider waren, sondern einfach »etwas«, Fragmente oder neue Kombinationen von »dem«, was sie vielleicht in früheren Shows angehabt hatten: eine Art knielange Schürzen aus schwarzem Gummi und darüber Schichten von Mänteln oder Tüchern und an den Füßen weiche schwarze Schnürstiefel, die ein bisschen an Boxerstiefel erinnerten, aber ganz sicher keine waren, und mit den Gummischürzen mit je einer Schnur verbunden waren, was keine praktische Funktion erfüllte und auch nicht interessant oder schön oder abgeschmackt aussah, es lenkte einfach nur ab, die Performer ebenso wie ihn, der sie (oder genauer gesagt die schlechte Schwarz-Weiß-Videoaufnahme von ihnen) auf dem Monitor ansah, der im Verhältnis zur Größe von Bühne und Saal offensichtlich viel zu klein war, sofern beabsichtigt war, dass man sehen können sollte, was auf ihm vorging, aber das war's wohl nicht, oder wie?

Erst am Nachmittag kamen drei der Performer, zwei weibliche, beide »group members«, und ein gleichaltriger männlicher, der bloß »associate« war. Alle drei hatten in der *Fish Story,* die er in Europa gesehen oder erlebt hatte, auf der Bühne gestanden, doch hier drüben auf der anderen Seite des Atlantiks und etliche Wochen oder Monate später waren sie natürlich nicht mehr dieselben. Die jüngste der Frauen hieß laut Programm (einfach nur eine A4-Kopie mit den Namen der Show, der Gruppe und ihrer »members« und »associates« und »supporters«) Kate Valk, und am Tag zuvor hatte er sie Kate Falk wie in »falcon« genannt, ohne dass jemand Einwand erhoben hatte, doch beim Hinausgehen hatte einer der »volunteers« von ihr als »Kate Walk« gesprochen, mit »w« und flachem, sehr amerikanischem »a«, und als sie nun den Saal betrat, schloss er die Augen und sagte »Kate Walk«, was wirklich viel besser klang als »Folk«, doch statt ihrer sah er nur das Wort vor sich: »Valk«. Ein wenig später kam die Regisseurin Liz LeCompte zusammen mit ihrem und Willem Dafoes Sohn, Jack, einem zehn-, elfjährigen, etwas pummeligen Jungen, der niemandem Hallo sagte, sondern sich einfach neben sie setzte und anfing, ein Buch von Martin Heidegger zu lesen, nicht das deutsche Original, sondern die englische Übersetzung, *Being and Time.* »Okay, everyone«, sagte Liz LeCompte laut, »will everyone please get ready to do your stuff«, und die drei Performer gingen in die schmale Passage zwischen Bühne und erster Reihe hinunter, stellten ihre Taschen ab und kramten in ihnen herum und tranken von ihrem mitgebrachten Kaffee und smalltalkten, während einige der zahlreichen »volunteers«, die selbstverständlich den ganzen Vormittag irgendwo in The Garage gewesen und ab und zu mit oder ohne irgendwas reingekommen und wieder hinausgegangen waren, ohne dass es einen Grund gegeben hätte, sie zu erwähnen, an den Performern herumbosselten und Dinge oder Materialien aus dem Videoclip, den er vor ein paar Stunden auf einem der

Monitore gesehen hatte, an ihre Kleidung montierten, die sie nicht ausgezogen hatten, jedoch in etwas anderen, genauso sinnlosen Kombinationen, und er dachte, dass wenigstens die Performer sich langsam bereit machten, aber wohl nicht, um auf die Bühne zu gehen, denn in der *Fish Story* oder den Proben dazu, denen er tags zuvor beigewohnt hatte, befanden sich die Performer zu keinem Zeitpunkt auf der Bühne, sondern sie gingen umher oder standen still und sprachen in Kameras oder Mikrofone vor, hinter oder längs der rechten Seite der Bühnenplattform, die sich plötzlich, gegen halb fünf, mit einem gewaltigen, tiefen Rumpeln, das den ganzen Raum vibrieren ließ, in Bewegung gesetzt, auf die Hinterkante aufgestellt und einen schwarzen Schlund zwischen dem Boden und ihrer Unterseite aufgetan hatte, aus dem Kabel und Drähte hingen wie die Eingeweide oder der Rachen eines Wals, Moby Dick wahrscheinlich. Endlich kam auch Willem Dafoe in den Saal, nicht durch eine der Türen, sondern entlang der Tribüne, »hi, Willem«, sagten die meisten, außer der Regisseurin, seiner Frau, die sagte nichts. Er hatte keine Tasche dabei und auch keinen Kaffee, nur eine Art Baskenmütze, die ihm nachlässig schräg auf dem zerzausten Kopf saß, er ging direkt zur Bühne und fing an oder fuhr fort, in eine der Kameras zu sprechen. Und im Lauf der folgenden zehn oder fünfzehn

Minuten, die er zusah, wurde ihm langsam klar, dass nicht bloß Willem Dafoe, sondern auch die drei anderen Performer und »the associates« und »the volunteers« jetzt dabei waren »to do their stuff«, und wieder hatte er dieses Gefühl, Zeuge von etwas Entscheidendem zu sein, von dem er nicht wusste, was es sein sollte, es stellte nichts dar, und im Gegensatz zu dem Schuss in Sarajewo und Jesu Worten am Kreuz, aber auch einem ganz gewöhnlichen Satz in einer Bar, »can I have a draught beer« zum Beispiel, hatte das, was die Menschen hier taten und sagten, keine Konsequenzen, definitiv nicht außerhalb von The Garage, aber anscheinend auch nicht hier drinnen, sie wendeten sich einander nicht zu und wollten anscheinend auch nichts voneinander, gemeinsam bildeten ihre Bewegungen und Stimmen, ihre Worte, das Licht und das Geräusch der Lautsprecher und des Saals und das sehr leise Summen oder Brummen und hin und wieder eine Sirene, die durch die Mauern drang, verschiedenerlei Schichten von Mustern, die vielleicht eine Art Musik waren, in dem Fall war jederlei Geräusch und Licht und Bewegung Musik, bloß, im Verhältnis zur Welt in aller Gewöhnlich- und Ungewöhnlichkeit, geschah hier ja eigentlich überhaupt nichts.

Irgendwann kam einer der »volunteers« in den Saal und sagte, es sei jemand für Willem am Apparat.

»Who?«, fragte Willem. »Your agent«, sagte die junge Frau. »What time is it?«, fragte Liz LeCompte. »Two thirty«, sagte der Tontechniker von hinten oben. »Okay, everyone«, sagte die Regisseurin, »let's take twenty or maybe thirty minutes while Willem's on the phone with Hollywood.« Eine andere der »volunteers« bot an, Bestellungen entgegenzunehmen und aus the Gourmet Garage Kaffee und die Tagessuppe mitzubringen. »What's today's soup?«, fragte die andere der zwei weiblichen Performer, Peyton Smith, eine große, rundliche und sehr vorstadthausfrauliche Figur Ende dreißig, die im Gegensatz zu Kate Valk und Willem Dafoe, die einfach vor den Kameras standen und fast unhörbar und in wahnwitzig schnellem Tempo nuschelten, *versuchte,* vor ihrer Kamera zu stehen und zu nuscheln; andererseits schien sie das diplomatische Bindeglied zwischen der Regisseurin, »the associates« und »the volunteers« zu sein, von denen Willem und Kate kaum Notiz nahmen. »Same as always«, sagte »the volunteer«, »orange-carrot-ginger, mushroom or minestrone.« »Okay, same as yesterday,«, sagte Peyton Smith. »And what was that?«, fragte »the volunteer«. »I don't know, maybe orange-carrot-ginger«, sagte Peyton Smith. »Okay, I'll see what I get«, sagte »the volunteer«. Während sie die Runde machte und Bestellungen sammelte, setzte er sich neben Liz LeCompte und fragte, wann sie damit rechne, dass es für ihn Zeit sei, die Bühne zu betreten »and do my stuff«. Sie sah ihn bloß an, drei, vier, vielleicht zehn Sekunden. Dann lachte sie.

Am Ende des Probentags, als sowohl Willem, Valk und die Regisseurin gegangen waren (aber nicht zusammen, erst Dafoe und ein wenig später LeCompte und die weibliche Performerin, die enge Freundinnen zu sein schienen, obwohl Liz mindestens zehn Jahre älter war, nicht, dass das unnatürlich gewesen wäre, weder das eine noch das andere) und er mit dem anderen männlichen Performer, Jeff Webster, und den letzten beiden »volunteers« gerade die Treppe hinunterging, sagte jemand »hold on just a second«, und er blieb stehen und sah in ein Büro, in dem Peyton Smith gerade im gespenstischen Licht der Straßenlampe, die wie ein künstliches Glühwürmchen in einem Kabelgespinst ein paar Meter vor dem Fenster hing, vornübergebeugt stand, das lange dunkelblonde Haar bis über die Füße und auf den Teppichboden wallend, und eine Strumpfhose über ihre Waden, Knie und Schenkel streifte. »We need to talk about your presence«, sagte sie und richtete sich auf, sodass ihre Brüste sanken oder vielmehr wie eine wunderbar fette Creme oder schmelzendes Blei hinabflossen und die Schalen ihres strahlend weißen BHs bis zum Rand und ein bisschen darüber hinaus füllten und jetzt einfach nur dalagen und bebten, und er dachte an seine Mutter oder überhaupt irgendjemandes Mutter, und weshalb er als Einziger reagiert und innegehalten hatte, während die drei anderen einfach weiter die Treppe hinuntergegangen waren, als hätten sie die Stimme schlicht nicht gehört, die »hold on just a second« rief, das konnte doch jedem Beliebigen gelten, warum also gerade ihm? Sie sah ihn an und fasste mit ihren weichen, füllig bebenden Armen hinter den Rücken und öffnete den BH-Verschluss, was völlig unlogisch war, da sie sich offensichtlich gerade anzog, und sagte, er könne das nicht wissen, man verstehe es erst mit der Zeit, wenn man schon »for ages« dabei sei, sagte sie, »for ages«, weshalb auch keiner der »volunteers«, obwohl mehrere von ihnen schon seit Jahren dabei seien, ja, sogar einige der »associates«, Jeff zum Beispiel, jemals zu irgendetwas eine Meinung habe und nie gute Ideen oder einen Vorschlag, außer etwa in The Gourmet Garage zu gehen und Kaffee und Suppe zu kaufen, und dann und wann auch mal Sandwiches, wenn jemand darauf Lust haben sollte, aber das setze voraus, dass man wisse, dass es der Fall sein *könnte,* und nur im richtigen Augenblick, denn auch das erfordere ein Gespür für Timing, das man, ganz gleich, wie musikalisch oder sensibel man sonst auch sei, erst nach Monaten oder Jahren entwickele, sagte sie, während sie mit langen Strichen eine Bürste durch ihr Haar zog, deren schwarzes Plastik im Schein der Straßenlampe glänzte, und ließ ihr glattgekämmtes Haar dann mit einer sanften Kopfbewegung über ihre Brüste gleiten, die sich auch ohne die Schalen des BHs zu heben und in ihrer eigenen unerträglichen, weichen, weißen Sinnfülle zu ruhen schienen wie etwas Gegebenes, eine Art Ansprache, es sei völlig egal, was man in der Welt jenseits von The Performing Garage gemacht habe oder zu tun in der Lage sei, sagte sie, ganz gleich, was für ein großes Talent, ob man ein Wunderkind, ein Prophet sei oder die Bibel geschrieben habe, »even Buddha«, sagte sie, brächte keine besonderen Voraussetzungen mit, wer hier eintrete, sei plötzlich ein Niemand, und das Einzige, was zähle, sei, was man hier drinnen sage oder tue, und auch hier drinnen spiele es erst mal viele Monate oder Jahre keine Rolle, was man sage oder tue, ob man sich etwas dabei denke oder nicht, lieber nicht, sagte sie, es könnten Jahre vergehen, während derer man jeden einzelnen Tag hierherkomme und den Großteil des Tages hier verbringe und mehr oder weniger sein Leben hier lebe, ohne etwas Besonderes zu tun, bis einen Liz eines Tages und anscheinend ganz ohne Grund bitte, es »as part of the show« zu tun. »Und Tschechow?«, fragte er. »Chekhov«, sagte sie, »what about Chekhov?« Er sagte, er habe bemerkt, dass sie und Valk und Willem, wenn sie vor der Bühne ständen, von Zeit zu Zeit Sätze sagten, die auch in einem Theaterstück von Tschechow vorkämen, kein amerikanischer Schriftsteller, sondern ein russischer, sagte er, und nicht irgendein Theaterstück, sondern ein berühmtes, *Drei Schwestern* oder Три сестры, warum? Sie sah ihn an, als verstünde sie nicht, wovon er redete, oder als hätte er keinen Deut von dem Ganzen kapiert. »It's just words«, sagte sie und warf den Kopf mit einer irritierten oder ungeduldigen oder hingerissenen oder einfach ganz praktischen Bewegung in den Nacken, dass ihr nun völlig glattes, blankes Haar ihr über die Schulter fegte und ihre rechte Brust zum ersten Mal vollkommen entblößt war; vollkommen nackt, *als ob es nicht wahr wäre.* »Sometimes it's just good to have something to say«, sagte sie, »also when you don't really have anything to say.«

Sie sah ihm nicht in die Augen, sie sah an ihm vorbei in eine unendliche Ferne, und er drehte den Kopf und sah, dass die beiden »volunteers« und der andere männliche Performer, Jeff Webster, doch nicht (oder nicht bloß) gegangen waren, sondern in der Tür standen und ihn ansahen. Und der Pornofilm?, fragte er. »You don't know that one?«, sagte sie. »No«, sagte er, »I guess I have seen some porn movies, soft porn movies, or just parts of some, but I don't *know* any porn movies.« »Oh«, sagte sie, »it's famous.«

Unten auf der Straße sagte er »bye« und »see you tomorrow« und ging in The Gourmet Garage und kaufte das letzte Sandwich des Tages, mit Lachs, roten Zwiebeln und Cream Cheese mit Dill, ohne Salatblatt. Er hatte noch ein paar Stunden, bis er in der West 25th Street bei dem sogenannten »host« und seinem »we« und seiner Karikatur einer Frauenstimme vorstellig werden sollte, und so ließ er sich gut Zeit mit dem Sandwich, jeden Häuserblock einen Bissen, er kam nach Alphabet City, A, B, C, in D gab es fast keine Menschen oder Bars oder Läden, und es war ziemlich dunkel. Er ging nach Norden und dann nach Westen, und irgendwann, als er für einen Moment nicht mehr wusste, wo er war, ging er in eine Bar. Sie war groß, viele Menschen, junge, kaum welche über fünfundvierzig, sie sahen aus wie »bankers« von der Wall Street oder Werbeleute oder Schauspieler oder sonst was, sie machten nicht den Eindruck, als ob sie ausgehen wollten, eher als schauten sie auf dem Nachhauseweg auf einen Drink vorbei, »nach Hause«, dachte er. Er quetschte sich zwischen ein paar von ihnen an die Bar und dachte, wie viel er auch trinken würde, er wollte kein Geld ausgeben. Er bestellte ein draught beer oder einen Drink, keiner weiß mehr genau, was, und stellte sich mit dem Rücken zur Theke, stützte die Ellbogen auf und betrachtete das Leben in der Bar, ein wenig so, wie schon den ganzen Tag das Leben in The Performing Garage, doch hatte er nicht länger das Gefühl, etwas *sehen* zu können, vielleicht gab es nichts zu sehen. In dem Moment kam die Bartenderin mit seinem Drink oder Bier, vielleicht war es auch ein Glas Wein, doch anstatt »to mind her own business« oder »do her job«, was von einem Bartender in einer Bar in Manhattan wohl eher zu erwarten wäre, zündete sie sich eine Zigarette an und betrachtete ihn durch die Rauchwolke. »So where do you come from?«, fragte sie. Sie war blond, blassgelber Rollkragenpullover, Westernbrüste, volle Wangen und blaue Augen und ähnelte einer der Hauptpersonen in einer Fernsehserie, die er nicht gesehen hatte und auch niemals zu sehen wünschte. »The Soviet Union, or Russia«, sagte er, was ja *auch* stimmte, auch wenn es wohl nicht das war, was sie meinte. »Oh, great«, sagte sie, »cool«, und nickte den ganzen Torso wiegend, machte einen Schmollmund und erzählte, sie komme aus Otterville, Missouri, »a dump«, wo die Hälfte der jungen Leute auf »meth« sei, und dass sie erst seit ein paar Jahren hier sei, und in Wirklichkeit sei sie nicht Bartenderin, sondern Schauspielerin. »Oh, great, cool«, sagte er, »so you're not really here.« »Not really«, sagte sie und lachte und nahm trotzdem einen Zug von ihrer Zigarette, inhalierte und blies einen dünnen Strahl Rauch über seine Schulter. Der Typ zu seiner Linken drehte sich halb um. »What do you mean you're not really here?«, sagte er zu dem Mädchen. »It's Paul«, sagte sie, »you know him? He's in *Mad About You.*« Der Typ drehte sich noch etwas mehr, hob sein Bierglas vor die Brust und sah ihn an. »You look like Willem Dafoe«, sagte er. »Willem who?«, sagte er. »Willem Dafoe, it's true!«, sagte das Mädchen, »I just didn't dare say, cos' if it was really true.« »You saw that movie he's in?«, sagte der Typ, der jetzt und hier oder in *Mad About You* (oder vielleicht sowohl als auch) anscheinend Paul hieß, »the one he's in with Harrison Ford.« »No«, sagte er. »Why?«, fragte der Typ. »Maybe he just doesn't like watching the movies he's in himself«, sagte das Mädchen, »many of the major Hollywood actors don't, De Niro never watches the movies he's in.« »I spent the last few years in the Soviet Union«, sagte er, »Russia.« »Doing what?«, fragte der Typ. »Making History.« »What history?« »World History.« »Cool!«, sagte das Mädchen. »I was touring as a rock star.« »Where?«, fragte der Typ. »In the Soviet Union!«, sagte das Mädchen, »he just told you!« »Any number one hits?«, fragte der Typ. »One«, sagte er, »just one; that one.« »Which one?«, fragte der Typ, »what's the hook?« Er sah dem Typen in die Augen, »›Hello CCCP, get up and dance with us!‹« »Aha«, sagte der Typ und schüttelte langsam den Kopf. »What's it like«, fragte das Mädchen, »does it have like a story?« Er sah das Mädchen kurz an, dann öffnete er seine rechte Hand und streckte sie ihr entgegen, und sie sah auf seinen Mund und seine Lippen und seine Augen und sein Haar; sie lächelte, klopfte eine Zigarette aus der Marlboropackung und beugte sich über den Tresen und steckte sie ihm zwischen die Lippen und zündete sie an, und er nahm einen tiefen Zug und blies langsam zwischen ihren Gesichtern den Rauch aus.

»Once upon a time in the Soviet Union«, sagte er. Und dann erzählte er ihnen eine Geschichte, die vielleicht seine war, vielleicht die Geschichte der Welt:

Es war einmal eine Stadt in der Sowjetunion, die hieß Perm, eine Millionenstadt, die für Jahrzehnte von der Außenwelt abgeschottet war, wegen ihrer Rüstungsproduktion, Raketen mit der Fähigkeit, Kontinente und Ozeane zu überqueren, bis ganz auf die andere Seite des Planeten, und in einem einzigen Blitz, einem einzigen neuen Big Bang, die andere Welt auszulöschen, die seit einem Menschenalter der *Feind* war. Doch eines Tages, ohne Vorwarnung, waren die Straßen, Plätze und das Radio nicht nur in Perm, sondern der ganzen Union von den Klängen klassischer Musik erfüllt, keine Worte, keine Stimmen, ganze Tage und Nächte lang kein Laut als der Klang klassischer Musik. Und aus der Musik trat wie aus

Zukunftsnebeln ein Mann, der trug auf seinem glänzenden Schädel ein dunkelrotes Mal. Und alle sahen sein Mal, und niemand sagte ein Wort, und alle wussten, es war ein Zeichen, bloß was es bedeuten sollte, wusste keiner von ihnen, vielleicht war es die Karte einer anderen Welt. Unter seiner Herrschaft geschahen allmählich und anfangs beinahe unmerklich die allerseltsamsten Dinge, eine neue Form von Stärke, die Ähnlichkeit hatte mit Schwäche, eine neue Offenheit, die man hinter seinem Rücken Blöße nannte, Blindheit, Verrat. Eines Tages im Jahr 1989 erging an ihn die Frage, ob er einer Gruppe junger Europäer einen seiner Züge überlassen und sie durch sein ganzes Reich rollen lassen wolle, das sich beinahe endlos um den halben Erdkreis erstreckte, und ihnen erlauben, in jeder größeren Stadt, durch die sie kämen, ihre Vision einer neuen Weltgemeinschaft zu inszenieren. Das war freilich unmöglich, und alle wussten es, selbst jene, die ihm den Vorschlag unterbreitet hatten, es war unmöglich, und nichtsdestoweniger nickte er, schweigend, beinahe melancholisch, und das tiefrote Mal auf seinem glänzenden Schädel bebte, schwindelte, schwankte wie eine erstarrte Welt, die jäh in Bewegung gerät. Und in der Gruppe junger Europäer, die in dem Zug durch die Union rollten, war eine Band, und eines Abends im September 1989 stand die Band im Scheinwerferlicht auf der Bühne im Дом молодёжи, dem Haus der Jugend, in der jahrzehntelang abgeriegelten Stadt Perm Tausende Kilometer nordöstlich der Hauptstadt Moskau. Zu Füßen der Band im Halbdunkel des Saals saßen zweitausend junge Leute, eine neue Generation des Homo sovieticus, brav nebeneinander und lauschten. Niemand stand auf, niemand tanzte, das war verboten, und so war es schon seit Jahrzehnten und ihr ganzes Leben lang gewesen: Jedes Mal, wenn eine der bekannteren sowjetischen Bands oder osteuropäische Bands auf Tournee in der Stadt ein Konzert gegeben hatten, hatten sie brav und gehorsam nebeneinandergehockt und zugehört. Aber es muss in der Luft gelegen haben, ein Beben wie das der Weltkarte auf der Herrscherstirn, denn plötzlich und ohne es selber vorher zu ahnen, rief oder flüsterte der Sänger oben auf der Bühne: »Hello, CCCP, now get up and dance with us!«

Er drückte die Zigarette auf dem Tresen aus und sah sie an. »That was the moment when it all started.« »What?«, fragte der Typ. »The End of History.« »Oh, my God!«, sagte die junge Frau, »that was really you?« Er sah ihr in die Augen, sie waren blau wie blau wie blue. »Yes«, sagte er, »that was me.« »What history?«, fragte der Typ. »The Soviet Union, you know, the Berlin Wall«, sagte die junge Frau; sie seufzte, schüttelte den Kopf und blickte durch den letzten Rauchkräusel, der von dem Stummel auf dem Tresen aufstieg, in die Ferne, »that's so wild«, sagte sie, »to think of it, I mean, it's all over, gone, and we're still here.« Der Typ nickte bloß und sah ihn lange an. »You're sure you're not Willem Dafoe?«, fragte er. »No.«

Zwei Minuten nach Mitternacht klingelte er unten an der Sprechanlage von 412 West 25th Street, und eine karikaturhaft hysterische Frauenstimme sagte: »Who is it?« Er dachte, was er jetzt tue, sei wohl die größte Dummheit seines Lebens, und nannte seinen Namen. »Oh?«, sagte die Stimme, »is it you?« »Yes, of course«, sagte er, »we agreed that I should show up tonight around twelve.« »I know«, sagte die Stimme, »but it's very late, and I didn't think you'd actually really show up.« »Well I'm here«, sagte er, »and it's cold; could you please let me in; it's just for one night.« »Okay«, seufzte die Stimme, »you just take the stairs all the way to the top.« Das Treppenhaus war schon älter und ziemlich heruntergekommen, zumindest der unterste Teil, vom dritten Absatz an gab es kein Licht, und er tastete sich am Geländer weiter nach oben. Er hielt inne mit dem Gefühl, vor einer Tür zu stehen, doch als er die Hand hob, um anzuklopfen, ging sie langsam auf, und ein schmaler Lichtspalt wie aus einer Museumsvitrine fiel auf ihn. »Please don't take off your shoes«, sagte die Parodiestimme, die er schon vom Telefon und der Sprechanlage kannte, jetzt live & direct. Er trat ein und sah sich um. Oder versuchte es. Es war hier nicht dunkel, es war schwarz, die Wände, der Boden, sogar die Decke waren mit dickem, glänzend schwarzem Velours ausgekleidet, und das einzige Licht kam von oben als zehn, zwanzig haarfeine Laserstrahlen, die ohne eigentlich etwas zu erhellen wie scharfe Drähte in den engen Raum hinabragten. Ein Schrein, dachte er, hier müsste eine Perlenkette liegen, ein Skalpell oder ein Schädel aus Tausenden Diamanten. Doch der Typ, der vor ihm stand, war kein Kultpriester oder Henker, sondern ein schmächtiges, blondiertes, kurzhaariges kleines Wesen irgendwo zwischen fünfundzwanzig und fünfzig in einem hellblauen Seidenpyjama, ein bisschen wie der des Jungen, der Besuch von Peter Pan bekommt. Das kleine Wesen sah ihn neugierig an, »you look goood!«, sagte es. Das Wesen starrte ihn unverwandt an, und er dachte, dass er wohl »oh, thanks!« oder »you too« antworten sollte, aber das war zu dumm, er sah sich einfach im Raum um, es gab nichts zu sehen, nicht einmal Türen, weder vor und plötzlich auch nicht hinter ihm. »Oh, my God!«, lachte der Typ überdreht, »we're just standing here; why don't we just plunge ourselves right into it!« Er drehte sich um und berührte die Wand, die sich als Tür öffnete, und sie kamen in ein großes Zimmer, ebenfalls ohne Fenster, nur sechs Flächen, alle mit dem gleichen glänzenden, dicken, weichen Velours ausgekleidet, doch mit einem völlig anderen, tiefroten Schimmer. »Just make yourself at home!«, sagte der Typ und ging weiter zu der gegenüberliegenden Wand, »I'll get us something to drink, what'do you feel like, no!«, sagte er und drehte sich zu ihm um, »say nothing, I'll make it a surpri-ise!«, vollendete kokett die Drehung und verschwand durch eine Öffnung in der Wand, die sich hinter ihm schloss. Er sah sich um. Ein rechteckiger Raum mit hoher, gewölbter Decke wie der Deckel eines Schreins. An der einen Stirnwand hing eine große Reproduktion von Andy Warhols *Car Crash* aus dem Jahr 1963, mit einem einzelnen Scheinwerfer von schräg oben angestrahlt wie in einem Museum (oder einer Kunstkammer, einem Reliquienschrein, dachte er). Gegenüber, gleichfalls von einem einzelnen Spot angeleuchtet, stand eine Kopie – oder vielleicht war es das Original – des elektrischen Stuhls aus *Electric Chair,* ebenfalls von Warhol, oder *Lavender Disaster,* auch aus dem Jahr 1963, komplett mit Lederriemen, Fußstütze und dem dicken Kabel, das sich von dem rechten Vorderbein des Stuhls durch den glänzend weinroten (oder lavendelfarbenen?) Velours zur Mitte des Raums schlängelte und verschwand.

»Make yourself at home!«, dachte er. In dem

Moment öffnete sich die Wand hinter dem Stuhl, und der schmächtige Typ kam wieder rein, ohne Drinks, dafür hatte er sich umgezogen und trug jetzt den gleichen Seidenpyjama, bloß in Rosa, »hi«, sagte er, »how are you.« »I'm alright«, sagte er. »Jerry«, sagte der Typ, »my name is Jerry, I talked to you on the phone, you really look good.« »I know«, sagte er. Der Typ sah ihn erfreut von unten bis oben an, als wäre er eine gerade eben gelieferte Ware, ein giftroter Drink, fresh shaken, in einem hohen, schlanken Glas mit schwarzem Strohhalm und einer blassen Kirsche on top, »my God, why don't you sit down!«, sagte der Typ. Er sah sich um, doch da war nichts, was er nicht schon gesehen hatte. »The chair!«, kreischte der Typ. »The chair?«, sagte er. »The chair«, sagte der Typ und lachte kopfschüttelnd. »I think I'm fine for now, thanks«, sagte er. »Where's Bruce?« »Bruce?«, sagte er. »Bruce«, sagte der Typ, »didn't he tell you his name, oh come on! You look hungry, you like sushi?« »Yeah«, sagte er, »well, I don't know, I guess I never tried it, but I'm a bit hungry, thanks.« »You never tried sushi?!«, kreischte der Typ, »I can't believe it, he never tried sushi! I'll get us some«, sagte er und verschwand durch dieselbe Wand oder Tür wie beim ersten Mal, »I can't believe it, he never tried …« Die Stimme brach ab wie ein zerschnittenes Tonband, und einen Augenblick lang, eine Sekunde nur, in der er nichts hörte als das Pfeifen der Nervenbahnen in seinem Schädel, war es vollkommen still, dann ging die Wand auf und der Typ kam in seinem hellblauen Seidenpyjama herein, mit einem Spiegeltablett mit drei grünen Sprite-Flaschen, aus deren drei Hälsen je ein hellblauer, rosaroter und schwarzer Strohhalm ragte. »I can't believe it«, kreischte er, »you never tried sushi! Please take one!«, und hielt ihm das Tablett hin. Sprite?!, dachte er, warum Sprite, warum nicht Coca-Cola?, und nahm eine der infantil grünen Limonadenflaschen, »noo!«, kreischte der Typ, »that one's for Jerry, the black one's yours!« »Okay«, sagte er und nahm die Flasche mit dem schwarzen Strohhalm, steckte ihn in den Mund und trank einen Schluck, es schmeckte völlig wie Sprite, dachte er, die haben mir garantiert irgendwas reingetan. Die Wand öffnete sich, und Jerry kam mit einem Spiegeltablett mit vier weißen Reisfingern, auf denen je eine zugleich straffe und schlaffe rohe Fischzunge ruhte, in matten und dennoch metallisch glänzenden Fleischfarbennuancen, eine dunkelrot blutig, die andere grau glasiert, eine dritte bleichweiß, die vierte beinahe pink. »Why don't you sit down?«, sagte Bruce. Er sah sie einen Augenblick an, okay, dachte er, jetzt führt kein Weg mehr zurück. Er stellte seine Tasche ab, zog seine kurze, rote Lederjacke aus und reichte sie Bruce, trat vorsichtig auf die Fußstütze und ließ sich in den Stuhl sinken und legte die Hände auf die Armlehnen und sah geradeaus, in seinen schwarzen Jeans, dem schwarzen Rollkragenpullover, den schwarzen Schuhen. Die zwei blond gefärbten Wesen standen so, dass sie mit ihm ein gleichschenkliges Dreieck bildeten, jeder mit seinem Spiegeltablett, Jerry zur Linken mit dem Spiegeltablett auf der rechten Hand, Bruce zur Rechten mit dem Spiegeltablett auf der linken Hand, der eine in einem rosaroten Seidenpyjama und bloßen blassen Füßen in dem dicken, leuchtend weinroten oder lavendelfarbenen Velours, der andere in einem hellblauen Seidenpyjama und blassen bloßen Füßen in demselben leuchtenden, dicken Velours, und beide mit kurzem, gebleichtem, beinahe weißem Haar. Sie lächelten. »Hi!«, sagten sie, und er dachte, dass er sich irrte, dass hier, in der sogenannten Neuen Welt, die auf dem besten Weg war, das neue Imperium zu werden, nicht ein plötzlich alles und alle erlösender Satz, Gestus oder eine Tat die Geschichte in Gang setzen würde, keine no-matter-how geniale und charismatische Performance, hier waren alle Performer, nicht nur die sogenannten »Performer« in ihrem kleinen Graben vor der Bühne in »The Performing Garage«, auch die Regisseurin und die Techniker und die übrigen »group members« und »associates« und »volunteers« und alle die Millionen von anderen New Yorkern und Amerikanern draußen in den Straßen, in den Bars, Restaurants, Büros und Wohnungen, den Lofts, Penthouse- und Pappkarton-Homes und *Saturday Night Live-* und *Mad About You-*Shows, rund um die Uhr performen sie ihren Alltag und ihr Selbst und ihr Miteinander und die Gesellschaft und den Traum davon (»but really we are all actors«). Nur wenige Jahre früher, dachte er, auf der anderen Seite des Planeten, in einer längst überstandenen Epoche der Menschheitsgeschichte, hatte es einen wie ihn gebraucht, den charismatischen Einzelgänger, der mit einem Mal aus dem erstarrten grauen Block des permanenten Stillstands des Nichts, das herrschte, hervortrat und mit einem Satz, dem Ereignis eines Moments, die Geschichte in Gang setzte, doch hier, dachte er, hier ist alles Ereignis, jeder Augenblick, jede kleine Geste und Bemerkung, und alle sind die Erlöser ihres eigenen amerikanischen Traums, hier braucht es nicht noch einen no-matter-how charismatischen Performer, sondern einen Leerraum, einen in gewissem Sinn völlig passiven Beobachter, der sich einfach mit dem Strom, der ihn trägt, treiben lässt, ohne den Ehrgeiz oder den Traum, irgendeine Rolle zu spielen, jemand zu sein oder etwas zu werden oder überhaupt irgendetwas zu tun (eine Art Jesus ohne Mission, Evangelium, Jünger, Liebe oder Vergebung, ohne Erscheinung oder Wiederkunft und ohne ein anderes Kreuz als die Welt, das Fleisch, den Blick oder im Gegenteil die Leere in ihm), einen, der nicht außerhalb oder darüber steht, sondern von einem unbestimmbaren und immerzu flüchtigen, unbehausten Ort in der Menge beobachtet und Abwesenheit, Absichtslosigkeit und Nichtsein akkumuliert, ein von Augenblick zu Augenblick intensiveres Vakuum oder verschlingenderes Schwarzes Loch in der alles und alle umfassenden Performance, das, wenn die Zeit reif ist, seinen Sättigungspunkt erreichen und nicht explodieren, sondern implodieren wird und alle Welt und die ganze amerikanische und nach dem Verschwinden der Sowjetunion immer imperialere und weltumspannendere Performance mit sich in und durch den Nullpunkt des Nichts zieht und hinaus in eine völlig andere Form von Sein, welche? Jerry trat in seinem rosa Seidenpyjama einen Schritt vor und hielt ihm sein Spiegeltablett vor die Brust, und er sah auf sein bleiches, markantes Gesicht hinab und, darüber schwebend, die vier gruseligen Zungen – eine metallisch tiefrot, eine karamellisiert grau, eine beinahe orange und eine weiß mit einem durchsichtig rosaroten Schatten –, die so graziös und hingebungsvoll hingelümmelt auf je ihrem leicht gewölbten Diwan oder Sockel aus weißem Klebereis lagen. »What is it?«, fragte er. »It's sushi«, kreischte Jerry. »Yes, but what *is* it?«, fragte er. »It's Japanese«, sagte Bruce,

»the rice is cooked, but the fish is raw, it's shark, tuna, red snapper and eel.« »And why are there four?«, fragte er, »why not just three?« »You'd prefer if there'd been only three?«, sagte Jerry. »No«, sagte er, »I don't care, I thought *you*'d prefer that there were *exactly* three different kinds and not just one of each, as if they were outstanding or original and unique, but maybe thirteen or twenty, one hundred or two or whatever, just *exactly* the same number of each«, und warum Sushi?, dachte er und fühlte sich auf einmal schwindlig und unendlich erschöpft oder einfach vollkommen gleichgültig, was hat Sushi in dieser Welt hier zu suchen, warum nicht Campbell's Tomato Soup oder Del Monte Peach Halves oder nur *ein* einzelner Hamburger, für ihn, perfekt standardverpackt in weißes Fettpapier mit kleinen Burger-King-Logos und einer Flasche Heinz' Tomato Ketchup on the side. »Oh! We didn't think of that«, sagte Jerry, »we just thought you were hungry.« »No«, sagte er, und das Bild von *Car Crash* hinter den beiden begann vor seinen Augen zu zittern und zu flimmern. »I'm not.« »You're not what?«, sagte Bruce. »I'm just not«, sagte er und schloss die Augen. »God, you look tired«, sagte Jerry. »I haven't slept since I came …«, murmelte er, »to America.« »Oh, God«, sagte Bruce, »how long have you been here?« »I don't know«, murmelte er, »I just arrived … maybe yesterday morning.« Die beiden lachten hysterisch. »There are people who've been here for sooo much longer without even closing their eyes«, sagte der eine oder der andere. »I'm not people«, murmelte er und machte die Augen auf. »We know«, sagten sie. Dann bückten sich beide und stellten ihre Tabletts auf den traubenroten oder lavendelfarbenen Velours, machten einen Schritt auf ihn zu und nahmen je einen Lederriemen und spannten sie um seine Handgelenke und danach die zwei Fußriemen und zuletzt, gemeinsam, den breiten Gürtel, der den Zweck hatte, seinen Oberkörper aufrecht und stramm gegen die Rückenlehne zu pressen. Sie traten drei Schritte zurück und sahen ihn an. »Are you readyyy!«, riefen sie beide wie Kinder mitten in einem Spiel, das sie schon hundertmal gespielt haben. Er sah sie an. »What about one last cigarette?«, sagte er. »Oh, you smoke?«, sagte Jerry. »No«, sagte er, »it was just a joke.« »Smoke – joke«, kreischte Bruce. »Why would that be so funny?«, sagte Jerry. »It isn't«, sagte er, »I'm fine, I'm absolutely perfectly fine, let's get started.« »›Started‹«, sagte Bruce, »over here we just say ›that's all folks‹«, »The End«, sagten sie im Chor und sahen einander an, und ihm fiel auf, dass es das erste Mal war, bis dahin hatten sie nur ihn angeschaut. »Are you readyyy!«, riefen sie noch einmal. »Oh, come on«, murmelte er, aber in dem Moment wurde *Car Crash* an der Stirnwand vor ihm zwischen den beiden Brüdern von den Schwarzweißbildern des Countdowns zum Start der ersten Mondrakete überblendet, und die beiden Wesen oder Engel oder Perverse oder Kinder riefen im Chor: »ten – nine – eight – seven – six – five – four – three – two – one …« Ein gewaltiger Schlag durchfuhr sein Gehirn und seine Augäpfel und Lunge und sein Geschlecht und seine Arterien und quetschte sein Herz zusammen, that's all folks, und mehr gibt's dazu nicht zu sagen.

Das ist nicht wahr, sorry, es kam kein Schlag, kein jähes Vorüberflimmern der Augenblicke eines ganzen Lebens und kein langer, dunkler Tunnel ins Licht, das sind alles nur Sachen, die wir uns vorzustellen versuchen, weil wir etwas haben wollen, wo einfach nichts ist. Für den Bruchteil einer Sekunde wurde er von einem Blitzlicht geblendet, und *Car Crash* verschwand hinter einem Polaroidfoto von ihm selbst im Augenblick seines Todes. Dann war es weg. Auf seiner Netzhaut blieb das Negativ von dem Joke, dem Gimmick, that fake and cheap little piece of pop-art, das der Tod ist.

Als er auf die Welt kam, standen die Zwillinge vor ihm wie zuvor, bloß spiegelverkehrt: Jerry zur Rechten mit dem Tablett auf der linken Hand; Bruce zur Linken mit dem Tablett auf der rechten Hand. Sie lachten. »Welcome to the new world!«, sagten sie im

Chor. Er fühlte sich ganz und gar nicht wie neugeboren, im Gegenteil, er fühlte sich unerträglich, unüberwindlich müde und dachte, es sei lächerlich und nicht bloß Jetlag und Schlafmangel, natürlich hatten sie ihm irgendein Pulver in seine Sprite geschüttet (»noo, that one's for Jerry, the black one is yours!«), und dass zwischen jetzt und vorher eigentlich kein Unterschied bestand, in seiner Abwesenheit hatten sie, als die Kinder, die sie waren, einfach die Plätze getauscht oder, falls er wirklich so lange weg gewesen sein sollte, ihre Plätze und Tabletts exakt beibehalten, es aber dafür geschafft, ihre Pyjamas zu tauschen, sodass Jerry jetzt vielleicht der Typ in dem hellblauen Pyjama war und Bruce der in dem rosafarbenen. Das würde er bestimmt nie erfahren. »I'd like to go to bed«, sagte er. »Oh, no!«, kreischten sie, »you've only just arrived!« »You didn't even want me to come in the first place«, murmelte er. »Of course we did!«, sagten sie, »we just didn't know it was you.« »Well, it was«, sagte er, »would you please show me to my room.«

Sie traten neben ihn und lösten die Riemen um seine Knöchel, Handgelenke und seine Brust und zogen ihn hoch, als könnte er nicht von allein aufstehen, und legten seine Arme um ihre Nacken und Schultern, als könnte er nicht allein gehen, und führten ihn halb, halb trugen sie ihn mit seinen schwarz beschuhten Füßen über den jetzt mit Sicherheit lavendelfarbenen Velours schleifend auf eine Wand zu, die er bisher noch nicht gesehen hatte, vielleicht war es die Wand hinter dem elektrischen Stuhl, und öffneten eine schmale Tür in ihr und stiegen mit ihm eine schmale Wendeltreppe hoch, und er schloss die Augen und sah die Schauspieler, die den sterbenden Meister Jean-Baptiste Molière gleichsam in Schwebe-Slow-Motion eine anscheinend endlos sich windende Treppe in dem einst vergoldeten, jetzt verfallenen Theater oder Palast hinauftragen, wie er auf ihren Händen schwebt, schon schwere- und formlos, schwebt auf ihren emporgereckten Händen, in einem schmutzweißen Nachthemd formlos flatternd entschwebt, wie ein Engel ohne Flügel, abgesehen von denen, mit denen die Menschheit ihn emporträgt, und er dachte, es sei lächerlich, das könnte in Amerika nie passieren, so ein hysterischer, gepuderter, theatralischer Tod wäre nur in Europa möglich (oder auch nur denkbar). Ganz oben (es konnte nicht einfach weitergehen, das hier war kein Film oder Traum, es war ein Haus in der West 25th Street, Manhattan, New York City im Jahr 1993) trugen sie ihn durch noch eine Öffnung in einen recht kleinen, länglichen Raum, dessen Boden und Wände (aber nicht die Decke) mit dem gleichen weichen Velours bedeckt waren wie die übrigen Räume der Wohnung, aber diesmal in Weiß, und legten ihn lautlos und unendlich vorsichtig, als wäre er ein Neugeborenes, eine Perlenkette oder der leblose Leib des Erlösers, auf den weichen Velours, der sich hier noch weicher anfühlte, als wäre der Boden unter ihm eine Matratze oder Wasser, der Hudson River vielleicht oder das Meer. Und während sie ihn behutsam auszogen, sah er zur Decke oder durch sie hindurch hoch in den Dezemberhimmel über New York, an dem Wolken, die in dem Nebel, durch den er sie sah und der sicher nicht von dieser Welt, sondern sein eigener Nebel war, die Gestalt von Autos mit den eigentümlichen Formen der 1950er und frühen 60er annahmen, wie geflügelte Kästen, die in endloser Kolonne vorüberziehen.

Die beiden Schauspieler oder Jünger oder Engel oder Monster oder schmächtigen blonden Menschenwesen richteten sich auf und verschwanden, und er hörte nicht das Geräusch der Tür, die sie hinter sich schlossen, sondern das Geräusch der folgenden Stille, das amerikanische Klischee eines völlig schalltoten Raums, der ihm das Blut im Schädel rauschen ließ (wie einen unterirdischen Fluss), und er dachte, dass das hier weder eine Bühne war noch ein Sarg, sondern ein Schrein mit Glashaube, eine Vitrine, und hier lag er nun nackt wie eine Perle, ein längliches, bleiches Stück Exkrement oder ein Füllfederhalter in der Erwartung, aufgelesen und als Schmuck an ein Ohr gehängt oder den Abfluss runtergespült oder in den komplex geschwungenen Codes der Weltgeschichte über einen Bogen Papier geführt zu werden, und durch die Glashaube sah er oben im Himmel die Wolken vorüberziehen, und allmählich wurde ihm klar, dass der Himmel nicht der Himmel und die Wolken keine Wolken waren, sondern ein Motorrad- und Autokorso, der in einem beinahe schwarz-weißen Film aus dem Anfang der 60er-Jahre durch die Straßen einer Stadt fährt, und dass er ihn nicht von hier unten sah, sondern von der Seite und hier und da, kurz aufflimmernd, von schräg oben, aus der Perspektive von Lee Harvey Oswald, und es also nicht der Himmel über New York war, sondern Andy Warhols *22 November, 1962*, nicht das nie realisierte Werk und auch nicht die ikonische Fotografie, die als Vorlage diente, sondern die ebenso motion-picture-ikonischen Fernsehbilder des Autokorsos mit John F. Kennedy und seiner Ehefrau »Jackie« in dem offenen Wagen, die durch Dallas dem historischen Augenblick entgegenfahren, in dem der Schuss ertönt, genauer gesagt trifft oder einschlägt, begann der Film von vorn, sodass er über und unter sich, damals und jetzt, aufs Neue die letzten zwei Minuten und siebzehn Sekunden von John F. Kennedys Leben auf den Augenblick hin abspielen sah, in dem der Schuss ertönt oder trifft oder einschlägt, begann der Film von vorn, sodass er, als er ohne es zu wissen dort eine Stunde im sanften Dunkel des komplett weißen Zimmers oder Schreins oder Himmelsraums gelegen und an die Decke geschaut hatte, die keine Decke war, sondern ein Himmel, der kein Himmel war, sondern ein nie realisiertes Andy-Warhol-Werk – ein entscheidender Augenblick der Weltgeschichte ins Unendliche ausgedehnt –, den Todesaugenblick sechsundzwanzig Mal merkwürdig unbeeindruckt erlebt hatte, dagegen wusste er mit nahezu religiöser Gewissheit, dass das, was nach dem Tod kommt und die Menschen sich jahrtausendelang als alles Mögliche, vom Paradies und unzähligen Höllenarten über ebenso zahllose Arten von Wiedergeburt in andere Zeiten und andere Welten und als völlig andere Personen oder Wesen oder *Unwesen* – Blumen, Rauch, Steine – oder das Undenkbare oder absolut nichts (was immer das sein mag), bis zu »nothing but light« vorgestellt hatten, nichts anderes war als eine Wiederholung der letzten zwei Minuten und siebzehn Sekunden vor dem Tod, wieder und wieder und wieder in alle Ewigkeit … In dem Moment fiel der Schuss zum siebenundzwanzigsten Mal, und die Nacht zerriss in einem lavendelfarbenen Fächer, der sich schloss, und die beiden schmächtigen Wesen ließen sich je links und rechts neben seinem Kopf als ein seidig rosaroter und hellblauer Schimmer in den Schneidersitz sinken, mit auf den Knien ruhenden Handgelenken und sanft hängenden Händen wie anorektische, chlorbleiche Buddhas, und durch die Schlitze ihrer Pyjamahosen ragten ihre Glieder leuchtend weiß wie emporrankende Baumwurzeln oder pulsierende, schmelzende Altarkerzen oder Extraterrestrials, ohne Augen und die nackten, glänzenden Schädel zu breiten Mündern gespalten, oder durchsichtige, blinde Albinofische am Boden des Marianengrabens. »No«, sagte er, »this is not what I have come for.« Doch das sind bloß Worte, words words words, die beiden Wesen waren schmächtig, aber matters of fact, ihre langen, starken Finger schlossen sich wie Wurzeln um seine Knochen und drangen bis in den winzigsten Spalt, selbst in den Augenhöhlen wühlten sie herum, er gab sich nicht hin und ließ es nicht einfach geschehen, es war eine Tatsache, ein Ereignis in einem unendlich expandierenden Universum, das vielleicht nur eines von zahllosen gleichzeitigen, verschobenen, parallelen, in sich gefalteten oder sich fraktal entfaltenden Universen war, er nahm's nicht persönlich, doch als das Glied des einen (oder anderen) in ihn eindrang, spürte er nichtsdestoweniger und zu seiner Irritation die »Woge aus Schmerz und Wollust«, die vom Ringmuskel und den Darmwänden in einer Feuerfontäne die Wirbelsäule hinaufexplodierte und seinen Schädel von innen erleuchtete wie eine Kathedrale (und funkelnd und goldstaubstiebend an der Kuppel zerbarst und bronzeglühend die Innenseite seines Ichs hinunterrann), und er dachte, dass die jahrhundertelange Besessenheit des westlichen Menschen mit Begehren und Freiheit ein Fehler war, um das zu erleben, war er nicht in die Neue Welt gekommen, einen derart banalen und allzu menschlichen, allzu kleinen Tod, sondern um eines weit größeren, vollkommen unpersönlichen, unmenschlichen Rausches willen, den er auslösen würde.

Dann wachte er auf, und es war still. Sie waren verschwunden und hatten ihn liegen lassen. Wie nichts. Er lag eine Weile da und lauschte. Jetzt war ihm, als hörte er etwas, und es war nicht mehr bloß sein eigenes Rauschen, sondern das der Welt. Ganz schwach, weit weg: das Geräusch der Stadt, Verkehr, ferne Sirenen, das Knattern eines Helikopters über Hausdächern. Doch ob es das Geräusch von New York City einen Tag nach gestern oder Dallas, der 22. November 1962 war, konnte er nicht entscheiden. Dann fiel der Schuss, doch das konnte genauso gut ein Schuss unten auf der Straße oder der Nachbarstraße, West 24th Street, sein. 22. November 1962, dachte er und addierte neun Monate dazu und zog neun Monate ab, das war der Tag, vielleicht der Augenblick seiner Empfängnis. Empfängnis? Er hörte den Schuss und sah das Spermium wie ein Projektil die Eizellenhülle durchschlagen. Und es ward Leben.

Er stand auf und zog sich an, stützte die Hand gegen die Wand und schob die Tür auf und ging die Wendeltreppe hinunter. Er hatte keine Erwartung von irgenderlei Leben, doch mit jedem Schritt tiefer wurde ihm schwindliger, alles drehte sich, nicht nur die Wendeltreppe drehte sich, die drehende Wendeltreppe drehte sich. In die falsche Richtung. Es war wie eine Offenbarung. Der Hölle. Vor wenigen Stunden (oder Ewigkeiten?) erst hatten sie ihn im Uhrzeigersinn die Treppe hochgetragen, und jetzt ging er im Uhrzeigersinn hinunter. Das war unmöglich. Eine Treppe, die sich im Uhrzeigersinn nach oben dreht, kann sich nicht auch im Uhrzeigersinn nach unten drehen, dachte es in ihm, das würde bedeuten, dass es keine Dimensionen und auch keine Zeit gäbe, sondern ein einziges, wirbelndes Jetzt. Schlagartig wurde ihm klar, dass er sein ganzes bisheriges Leben die Welt für selbstverständlich gehalten hatte. Und jetzt, wie durch einen Ruck an einer Jo-Jo-Schnur, wurde sie weggezogen. Ihm wurde schwarz vor Augen, die Leere drehte sich in ihm, er lehnte sich in sie hinein und erbrach sich, aber es kam (er hatte seit seiner Ankunft in der Neuen Welt fast nichts gegessen) nichts hoch als Säurespritzer. Er stützte die Hände auf die Knie und holte tief Luft. Langsam hörte die Treppe auf, sich zu drehen, und er sah, dass er auf der untersten Stufe stand. Natürlich, dachte er. Es war banal, er hatte nichts Außergewöhnliches, Epochales erlebt, weder in der Nacht noch jetzt. Es war ganz einfach. Ehe sie das weiße Zimmer verließen, hatten die Zwillinge ihn um einhundertachtzig Grad gedreht, und als er aufwachte und aufstand und hinausging, geschah es durch eine Wandtür gegenüber von jener, durch die sie hineingekommen waren, und eine ganz andere Treppe hinunter, die jener, auf der sie hochgekommen waren, vollkommen glich, abgesehen davon, dass sie sich genau andersherum drehte. Er richtete sich auf, stützte die Hand gegen die Wand vor ihm und betrat eine ganz gewöhnliche, ja, etwas unordentliche Küche, wie es sie in Manhattan sicher zu Hunderten oder eher Tausenden gibt. Die Vormittagssonne schien durch ein großes, nahezu quadratisches Fenster am Ende des Raums, und vor dem Fenster, in der Sonne, stand ein runder Tisch und auf dem Tisch ein Teller mit einem French Toast, einem Glas Orangensaft und daneben eine Tasse Kaffee. Der Kaffee dampfte leicht, der Duft nach geschmolzener Butter und der erstarrten zuckergesüßten Milch-Ei-Masse stieg ihm in die Nase. Rechts von ihm in der Spüle, schräg in eine Bratpfanne gestapelt, standen zwei weitere, mit Essensresten verschmierte Teller. Er zog den Stuhl vor und setzte sich hin, spürte, wie die Sonne ihm das Gesicht wärmte. Er hob die Tasse hoch und hielt sie in beiden Händen, wie eine Schale in einer Schale, führte sie zum Mund, schloss die Augen und kostete den Kaffee. Er war nicht mehr richtig heiß, seit dem Einschenken waren wohl doch schon zehn, vielleicht fünfzehn Minuten vergangen. An der Wand links über dem Tisch hing eine kleine Schwarz-Weiß-Fotografie: Zwei kleine Jungen standen auf einer verschneiten Vorstadtstraße, Hand in Hand, Strickmützchen mit unterm Kinn verknoteten Ohrenklappen, und links und rechts neben ihnen, je mit einem der kleinen Jungen an der Hand, eine Frau und ein Mann, ohne Mützen (die Frau dunkelblond mit typischer Sechzigerjahre-Damenpagenfrisur, der Mann mit länglichem Kopf und hohen Schläfen), und auf der Straße schräg hinter ihnen ein typisches Sechzigerjahre-Auto, kein Ford oder Chevrolet, sondern ein Saab 93 (hell, bestimmt hellblau, sanfte Linien, zwei blanke Augen und der Kühlergrill geschwungen wie ein leicht verblüfft staunender Mund), doch ansonsten eine ganz gewöhnliche amerikanische Familie, dachte er. Aber nicht aus New York, eher Minneapolis, dachte er, oder Minnesota, ohne eigentlich zu wissen, wo das lag, es klang einfach nach Norden und passte besser zu dem Schnee und den Mützen als der

Klang von »Texas« und »Santa Fe«. Er sah den »französischen« Toast an, eine weiße, in einen Brei aus Ei und Milch getunkte und mit Butter in der Pfanne gebratene quadratische Scheibe Toastbrot, schlaff, aufgequollen und blass (sie ähnelte weniger einer Mahlzeit als einem Grippepatienten, einer über die Reling eines Atlantikliners geworfenen und bei Calais an Land geschwemmten Menstruationsbinde), die absolute Negation der Nacht mit ihrem kristallinen, bis ins letzte kleine Detail vollstreckten Formbewusstsein. Eine Art Pille danach, dachte er, wenn es so was schon gegeben hätte. Er nahm Messer und Gabel, schnitt eine Ecke ab, schob sie in den Mund und kaute. Wonach schmeckte es? Nach New York? Der Neuen Welt? Widerlich süß, die vollkommene Geschmacklosigkeit. Oder fast: Mitten auf dem Tisch, neben einem kleinen Stapel weißer Servietten, stand sie, die Flasche Heinz' Tomato Ketchup. Natürlich, dachte er, genau das hat noch gefehlt. Er schraubte den Deckel ab, drehte die Flasche und klopfte ein paarmal auf den Flaschenboden, und zwei Ketchupkleckse tropften wie blutiger Samen von einem halbsteifen Glied, an dessen Glans noch dunkelrot geronnene Ränder von den Orgien vieler voriger Morgende oder der Verrichtung menschlicher Notdurft klebten. Heinz' Tomato Ketchup, dachte er, also gibt es doch eine Verbindung zwischen der Nacht und dem Tag, zwischen Kunst und Leben, zwischen Perversion und formlosem Alltag.

Und er dachte, dass die Amerikaner, die selbst eine Art Europäer, ausgewanderte Europäer waren, der Tod der Europäer und Europas werden und Europa überleben würden. Und einen Augenblick fühlte er sich wie eine Hausfrau in einer Vorstadt von Minneapolis oder Minnesota irgendwann Anfang der Sechzigerjahre, frisch verheiratet, schwanger, und er dachte an Schlaftabletten und Portwein, an Marilyn, die in einem roten Kleid auf einem Luftschacht tanzt, und die Frau in der Dusche in Hitchcocks *Psycho,* beinahe ausgelöscht hinter der milchig beschlagenen Scheibe.

Er aß ordentlich auf, kippte den Orangensaft mit einem langen Schluck hinunter, wischte sich den Mund an einer weißen Serviette ab, stand auf und trug den Teller zur Spüle und stellte ihn auf die beiden anderen. Er dachte, dass er eigentlich die Zähne putzen sollte, aber er hatte keine Lust, den Rest der Wohnung zu sehen, dieses eine Mal konnte er wohl eine Ausnahme machen. Am anderen Ende der Küche, an eine Tür gelehnt, von der er dachte, sie müsse die Tür zum Flur oder zum Treppenhaus sein, stand seine Tasche, und auf ihr: seine rote Lederjacke. Er ging hin und zog die Jacke an, hob die Tasche hoch und schwang sie auf den Rücken. An der Tür, mit einer lila (oder war sie lavendelfarben?) Stecknadel festgepinnt, hing ein schlampig abgerissenes Blatt aus einem billigen Notizblock mit ein paar hastig hingekritzelten Zeilen:

Tonight 12 pm
Don't forget!

Was sollte das bedeuten? War es eine Nachricht an ihn, dass er strikt gegen die Abmachung – »just for one night, okay!« – trotzdem wiederkommen sollte, zumindest noch mal »just for one night«? Oder hing der Zettel dort schon seit gestern und war eine Nachricht von Jerry (der ans Telefon gegangen war) für Bruce (der die Tür aufgemacht hatte), dass jemand – ein »guest« – abends um zwölf kommen werde (oder vielleicht ein Erinnerungszettel von Jerry für Jerry oder von Bruce für Bruce)? Er verwarf das Problem und dachte, dass die Amerikaner, die wohl selbst eine Art Europäer waren, Europäer ohne Erinnerung an die Vergangenheit, bald der Tod der Europäer und Europas werden und Europa überleben würden. Dann schloss er die Tür hinter sich, ging die Treppe hinunter und hinaus auf die West 25th Street.

Als er in The Performing Garage ankam, waren die meisten schon da. »Oh, you intend to come here every day?«, fragte einer der »volunteers«, und Peyton Smith, die im Büro am Kopiergerät stand, drehte sich um und sagte, »hi, how are you«, und er dachte, es sei besser, es nicht persönlich zu nehmen, alle Amerikaner, selbst die Kassiererinnen in den Supermärkten, sagten das, ohne etwas damit zu meinen, und wenn man anfing, darauf zu antworten, würde der ganze amerikanische Gesellschaftsapparat, der das Vorbild nicht nur für den restlichen Westen und den fortschrittlichen Teil der Dritten Welt war, sondern jetzt auch den inzwischen ehemaligen Ostblock, kurz gesagt die ganze globale Marktwirtschaft, zusammenbrechen (und wenn schon, dachte er). Sie nahm den Stapel Kopien und ging vor ihm zurück in den Saal.

Niemand befand sich auch nur in der Nähe der Bühnenplattform, die mit einem letzten Rest Schneegezitter auf den Monitoren ihr eigenes Vor- oder Nachleben performte. Die Regisseurin saß mitten auf der Tribüne, umgeben von ihren Performern, den Technikern, fünf, sechs »associates« und sogar ein paar »volunteers«, von denen eine auf dem Stuhl neben ihr kniete und auf einem A4-Block Notizen machte. Er setzte sich diskret ein paar Reihen höher und lauschte ihrem Gespräch. Sie schienen zu diskutieren, welches Theaterstück oder einfach nur welchen »text« sie als Material für die nächste Show auswählen sollten, sie wirkten ernst, hörten aufmerksam zu, was der andere sagte, als wäre es von Bedeutung. Er sah Peyton an und dachte, dass sie am Abend davor gesagt hatte, es sei manchmal gut, etwas zu sagen zu haben, auch wenn man nicht wirklich / richtig etwas zu sagen habe. Ihm war schwindlig, als ginge er wieder oder noch immer eine verkehrt drehende Wendeltreppe hinunter, die Leere in ihm drehte sich, und er schloss die Augen und dachte, er sollte besser aufhören, Antworten und Lösungen zu suchen, und sich allein auf die Handlung konzentrieren. »Everything is making perfect nonsense«, dachte er, wer hat das gesagt, niemand, aber in mehreren »shows« der Gruppe hatten sich die Performer Blackface-Masken auf ihre weißen Gesichter geschmiert, als befänden sie sich noch immer in einer Zeit, als es auf den amerikanischen Bühnen nur weiße Schauspieler gab und alle Neger von weißen Schauspielern mit schwarzen Masken gespielt wurden, »blackface«, dachte er, »blackface«, aber das tun sie ja nicht, die Masken sind bloß ein Zitat aus einer anderen Zeit, und es gibt auf den amerikanischen Bühnen vielleicht nicht Massen, aber doch eine ganze Reihe schwarzer Schauspieler und Performer, *nur nicht hier,* dachte er, bis jetzt hatte er hier in The Performing Garage nicht mal den Schatten eines auch nur ansatzweise schwarzen *Menschen* gesehen, und der Einzige, der mit seinen kräftigen Wangen-

und Kieferknochen ein wenig an einen Affen erinnerte, war Willem Dafoe. Und der war nicht da. Zumindest nicht jetzt. »Why not *The Hairy Ape*«, sagte er, »this other play by O'Neill, from 1922, I think.« »Please!«, sagte eine der beiden »volunteers« und sah zurechtweisend, aggressiv zu ihm hoch. Sie war Anfang zwanzig, zierlich, spitze Nase, das halblange Haar zusammengesteckt und mit effektivem Griff in den Nacken geschoben, sie würde es *garantiert* zu etwas bringen, dachte er, ein ehrgeiziges Mittelklassemädchen aus einem der Midwest- oder Nordstaaten, bestimmt Minneapolis, dachte er, sie könnte die kleine Schwester der beiden sein, das Nesthäkchen, ein paar oder zehn Jahre nach der Aufnahme des Bildes geboren. Mit einem Mal war seine Übelkeit verflogen, er spürte, wie ihn eine heiße Welle der Hoffnung durchflutete, ihn reinwusch, als ob die *Geschichte* nicht zu Ende wäre und es immer noch eine Zukunft gäbe und sogar ein kleines Mädchenzimmer, ein Kämmerchen nur, im letzten Winkel der Wohnung, hinter der Küche, wo er auf unbestimmte Zeit wohnen konnte, ein weiches Bett mit einem *sündhaften* Durcheinander von Kissen und Kleidern, die sich rasch über den Kopf streifen und über einen Stuhl werfen lassen, keine Spur von Kunst, an der Wand nur ein paar Pop-Plakate, zur Not eine der harmlosen bunten Ikonen, *Blue Marilyn* aus dem Jahr 1964 oder *Turquoise Marilyn, Lemon Marilyn* oder sogar *Hans Christian Andersen,* datiert 87, aber keine der augenscheinlich politischeren, kein *Mao, Red Jackie* oder *Flash – November 22, 1963*, aber auch keine Campbell's Soup Cans und keine Katastrophen oder *Piss Paintings* oder *Skulls* und schon gar nicht eines der späten Selbstporträts, auf denen er schließlich dem Gespenst des 20. Jahrhunderts ähnelt, das er immer schon gewesen war. »*The Hairy Ape?*«, sagte Liz LeCompte, sie hatte sich halb umgedreht und sah zu ihm hoch, »why?« Er dachte nicht nach, wartete bloß ein, zwei Sekunden. »For no particular reason«, sagte er. Sie kniff leicht die Augen zusammen und sah ihn unverwandt an. In The Performing Garage war es ganz still, nur das gedämpfte Summen der Scheinwerfer, der Tontechnik und der Monitore unten auf der Bühne; von einer Stuhlreihe oben unterm Dach kam ein leises metallisches Knirschen und weiter weg, draußen in den Straßen, der Verkehr, eine Sirene oder zwei, und er dachte, dass er jetzt endlich oder schon an seinem dritten Tag in New York und der Neuen Welt genau das Richtige gesagt hatte, ein paar Wochen, Tage, Stunden, Sekunden noch und er wäre »part of the show«.

Gegen 9:30 p. m., als er ein paar Stunden kreuz und quer durch Soho, East Village und Alphabet City gestreift war, mit einem vereinzelten Abstecher nach Greenwich Village (aber nicht weiter als bis zur West 14th Street), machte ihm allmählich der Hunger zu schaffen, er war bewusst an The Gourmet Garage vorbeigegangen, und wollte nicht in irgendeine beliebige Bar gehen und riskieren, etwas von dem zu bekommen oder zu sagen, das er am Abend zuvor bekommen oder gesagt hatte, darum überquerte er jetzt die Canal Street und ging auf der Church Street runter in den Financial District. An einer Ecke in der Nähe der Chambers Street leuchtete ein kleiner Pizza-Slice-Shop. Als er ihn betrat, sah er, dass die Pizza hier nicht in »slices«, sondern »squares« verkauft wurde. Er zeigte auf ein Quadrat mit Spinat und Käse und bekam es, in ein kleines »square« Fettpapier eingeschlagen, über die Theke gereicht und aß es, während er gemächlich, beinahe schlendernd, weiter die Straße entlangzog, ein Paradox in der Menge der letzten »bankers« des Tages in ihren nahezu zeitlosen Uniformen, die ihn dicht und zielstrebig in beide Richtungen umströmten. Die Pizza war perfekt, der Boden knusprig, der Spinat schleimig-saftig und leicht säuerlich und der Käse obendrauf krustig *und* salzig-weich. Das Erlebnis, das sich anfühlte wie ein Ereignis, war so intensiv und unerwartet, dass die Welt um ihn und sogar er selbst (bis auf den Gaumen, die Lippen und den Geruchssinn) zugleich verschwand *und* sich in einer Gegenwärtigkeit offenbarte, die fast den historischen Augenblick übertraf, als er auf der Bühne in Perm im September 1989 für alle, auch sich selbst, unerwartet »hello, CCCP, now get up and dance with us!« sagt und fast augenblicklich sieht, wie zweitausend junge Sowjetmenschen zum ersten Mal in ihrem Leben bei einem Konzert aufstehen und anfangen zu tanzen, es fühlte sich an, als ob die ganze Welt jetzt nicht nur wie damals in Bewegung, in Aufruhr versetzt, sondern endlich *erlöst,* außerhalb der Geschichte wäre und nicht mehr in Menschenhand und sich in all ihrer Einfachheit offenbarte, und er wusste, dass er es nie im Leben und auch nicht später, im Jenseits, dessen er sich auf einmal *tod*sicher war, vergessen würde. Er versuchte, sich zu beherrschen und je Block nur einen Bissen (es durfte nie aufhören!) zu nehmen, und wurde von einer schier unerträglichen Traurigkeit darüber überwältigt, dass es ausgerechnet dieses ziemlich billige und eigentlich ja auch nicht besondere oder besonders ausgesuchte (er hatte sich überhaupt nichts dabei gedacht, nur spontan auf das »square« gezeigt und gesagt »can I have that one, please«) und noch dazu quadratische, aus Mehl, Tomatenmark, Tiefkühlspinat und billigem Käse hergestellte Stück Pizza war und nicht eine der Tausenden anderen Mahlzeiten, die er in den letzten fünfundzwanzig Jahren genossen hatte, an das er sich nun bis ins kleinste Detail bis ans Ende seiner Tage erinnern würde. Mit einem Mal war es vorbei, er hielt bloß das fettige Papier in der Hand; er überlegte kurz, ob er es glätten, säuberlich zusammenfalten und vorsichtig in die Tasche stecken und *bis ans Ende seiner Tage* mit sich herumtragen sollte wie einen Talisman oder einen Streifen von Jesu Grabtuch, dann knüllte er es zusammen und warf es in einen Abfalleimer, an dem er gerade vorbeikam, und ging weiter, *als wäre nichts geschehen.*

Ewigkeiten mussten vergangen sein, er war fast im alleruntersten Eck von Lower Manhattan angelangt, in den hier gegen Mitternacht nicht nur nahezu menschenleeren, sondern wie nach einem Atomkrieg jäh ausgestorbenen Straßen (oder Kanälen für den zynischen Wind vom Hudson und draußen vom Meer). Noch war es, für ein paar wenige Wochen, Stunden, das Jahr 1993, die beiden Türme des World Trade Center standen da, doch er bemerkte sie nicht, beziehungsweise er registrierte wohl, dass sie aufragten und lange, nichtssagende Schatten warfen, aber er fand nichts Bemerkenswertes oder Unersetzliches an ihnen, keinen Grund, ihnen eine besondere oder gar symbolische Bedeutung beizumessen, keine Ursache, seine (Lebens)Zeit darauf zu verschwenden, ein Flugzeug zu kapern und in sie zu lenken, oder zu beweinen, falls es ein anderer täte, was er sich trotz seines visionären Genies ebenso wenig vorstellen konnte. Seine Mittel *und* sein Ziel waren nicht der Terror, sondern eine völlig andere Form von kollektivem Rausch und Bewegung und vor allem eine völlig andere subtile, diskrete Form menschlichen Seins, die das neue Imperium zum Einsturz bringen sollte. Und er dachte, ganz egal, wie erschöpft und durchfroren und elendiglich einsam verzagt und ausgehungert er auch wäre, würde er niemals in die West 25th Street zurückkehren.

Wie hätte er wohl auf »9/11« reagiert? Er würde, wie Stockhausen, ohne Zweifel den unübertroffen ästhetischen Wert, das Sublime, einer Offenbarung gleich Schöne und zutiefst Erschütternde des *Anblicks* zu schätzen gewusst haben, den in endlosen Loops und verlangsamter Wiedergabe wiederholten und ausgedehnten Augenblick, wie eine Manifestation der Ewigkeit und des Jenseits, das keinem Lebenden zu sehen vergönnt ist und dessen Anblick kein Lebender ertrüge: wie das in der Erfahrung des menschlichen Körpers gewaltige, aber jetzt plötzlich insektenmickrige Passagierflugzeug scheinbar lautlos in den ersten Turm hinein verschwindet, wie das Haupt des Turms mit seiner kleinen Spitze eine halbe oder volle Stunde später für einen Augenblick, gleichsam auf der Wolke aus Rauch und Staub, die um ihn emporwallt, schwebend, wackelnd in der Luft hängt, während der Rest still in die Geschichte hinabsinkt …

I want to wake up in a city that never sleeps and find I'm king of the peak, end of the meek … New York, New York!

Zwei Minuten nach Mitternacht klingelt er unten an der Sprechanlage von 412 West 25th Street, und eine karikaturhaft hysterische Frauenstimme sagt: »Who is it?« Er denkt, jetzt führt kein Weg mehr zurück, jetzt hat er ein für alle Mal seine Chance verspielt, die Weltgeschichte aufs Neue in Bewegung zu bringen, und sagt seinen Namen. »Oh?!«, sagt die Stimme, »is it you?« »Of course«, sagt er, »there was a note on the door saying *tonight twelve pm, don't forget!*« »I know«, sagt die Stimme, »but it's late, and I didn't think you'd actually really show up.« »Come on, Bruce«, sagt er, »or Jerry, it's cold, could you please let me in.« »Okay«, seufzt die Stimme, »just take the stairs all the way to the top.« »I know«, sagt er, ein Summen ertönt, und er geht hinein und die Treppe hoch. Als er im Dunkeln vor der Tür steht, öffnet sie sich langsam, und ein schmaler Streifen Licht leckt wie die Zunge eines Pudels an ihm hoch. »Please don't take off your shoes«, ertönt die Stimme von innen. »I won't«, sagt er und tritt ein, und hinter ihm schließt sich die Tür. Und so ging es weiter. Egal, was er sagte oder tat oder zu tun *versuchte* – um eine Art von Vertraulichkeit oder wenigstens ein gemeinsames Bewusstsein des Wiedererkennens oder der Wiederholung zu schaffen, die winzige Lücke der Ironie (zwischen ihrem Sein und dessen Bewusstsein), in der sie einander begegnen und menschlich werden könnten –, sagten und taten die zwei Zwillinge oder Klone oder Elfen bis ins kleinste Detail, jede Bewegung, jeden Tonfall, haargenau dasselbe wie in der Nacht davor. Derselbe hellblaue Pyjama und dasselbe »you look goood!«, dieselbe alberne Verwechslungskomödie, bei der der eine zu einer Tür hinausgeht und der andere sofort zu einer anderen hineinkommt, um ihn glauben zu machen (denn das war wohl die Absicht, ihm einen Streich zu spielen, es geschah doch wohl nicht zufällig), es handle sich um ein und dieselbe Person, nur jetzt auf einmal in einem rosa Pyjama, dieselben in jeder Hinsicht deplatzierten *und* geschmacklosen Sprites und dasselbe (soweit er sehen konnte) sinnlose Sushi, das er auch diesmal (zu seinem (etwas später) großen Bedauern, weil es dem ganzen Abend und damit seinem Leben und der Weltgeschichte *vielleicht* eine ganz andere, entscheidende Wendung hätte geben können) noch nicht mal anrührte, dieselbe Scheinhinrichtung in Warhols elektrischem

Stuhl, bei der er diesmal im Gegensatz zur vorigen Nacht an Dostojewski denken musste, den zusammen mit Tolstoi und Tschechow größten präsowjetischen russischen Schriftsteller, der ebenfalls und beinahe exakt hundertdreiundvierzig Jahre vorher eine Scheinhinrichtung und den Tod erlebt und überlebt hatte, und daran, ob die Zwillinge die Geschichte kannten und bewusst auf sie anspielten, sodass sein »Tod« jetzt eine inszenierte und ästhetisch perfektionierte Spiegelung von Dostojewskis »Tod« und somit eine Spiegelung von Amerika in Russland war, welche die beiden Imperien und ihre zukünftigen Schicksale (mitsamt Dostojewskis und seinem eigenen?) im Knall / Schein des Schusses / Blitzes als ein und dieselbe Geschichte offenbarte. Und noch einmal sah er das Bild seines eigenen Gesichts und *Blicks* im Augenblick des Todes und dachte, dass das, was er jetzt sah, vielleicht nicht – wie in der Nacht davor – bloß die Nachahmung eines Polaroidfotos war, kein reiner Lichteffekt, der im selben Augenblick – »for good« – verschwand, sondern die Projektion eines echten Polaroidfotos (dessen, welches sie in der Nacht zuvor gemacht hatten), sodass es jetzt, und als einzigen *objekt*iven Unterschied zur vorigen Nacht, nicht nur ein, sondern *zwei* Exemplare desselben Fotos oder jedenfalls desselben Motivs gab, und ob *das* vielleicht der eigentliche Zweck der ganzen

Nacht war: dass die beiden Zwillinge Sammler waren und dass sie, wenn sie so weitermachten, mit der Zeit, im Lauf der Nächte, Wochen, Monate, in Besitz einer einzigartigen Serie von Bildern mit exakt demselben Motiv kommen würden, Bilder, die, wenn man je zwei und zwei nebeneinanderhielt, aussähen wie Kopien desselben (fehlenden) Originals, jedoch aus größerer Perspektive betrachtet sich als buchstäbliches Lebenswerk, als eine Serie einzigartiger Bilder desselben Motivs, desselben Gesichts, entlarven würden, welche – die Bilder – zusammen die Bewegung durch eine graduelle Alterung hin zum Tode zeigten, sodass das letzte Bild in der Serie, von ihm im elektrischen Stuhl, als einziges nicht das Bild eines lebenden Gesichtes wäre, sondern eine Totenmaske, dass er letzten Endes und im Gegensatz zu Dostojewski nicht eine Scheinhinrichtung erleben, sondern tatsächlich auf dem elektrischen Stuhl sterben würde.

Von Zeit zu Zeit wurde er geradezu elektrisch vor Irritation und versuchte, irgendetwas zu tun oder zu sagen, das die ganze »show« und damit das Leben der beiden Brüder zerstören oder als banalen Gimmick entlarven würde, aber gleichzeitig war alles so unwirklich und versetzte ihn in einen eigenartigen, euphorisierenden Schwindel, und mehrere Male ertappte er sich dabei, dass *er* sich zu erinnern versuchte, *exakt* was er nachts zuvor gesagt oder getan hatte, und es mit einer Präzision zu wiederholen, welche die ihre überträfe, und ihr Leben somit ernsthaft als den dilettantisch gescheiterten Versuch bloßzustellen, etwas zu wiederholen, das nie wirklich stattgefunden hatte, und in kurzen lichten Momenten hatte er tatsächlich das Gefühl, ins Schwarze zu treffen und vollkommen eins zu sein mit dem, der er vierundzwanzig Stunden vorher gewesen war, doch zumeist misslang es ihm, oder er hatte plötzlich keine Ahnung, was er eigentlich in der Nacht davor gesagt oder getan hatte (als wär's nicht er gewesen, sondern ein völlig anderer), und wieder einmal zeigte sich deutlich, wie souverän *sie* waren, und wie vollkommen verloren und *in ihrer Gewalt* er.

Als der eine oder der andere (und wer es war, und ob es derselbe war wie in der Nacht davor, würde er nie erfahren) in dem weichen weißen Velours des Himmelsraums in ihn eindrang, war die Explosion vom Ringmuskel die Wirbelsäule hoch, der Brand, der seinen Schädel erleuchtete wie das Himmelsgewölbe über New York City im Jahr 1776, und die Fontäne aus Funken, Goldstaub und glühendem Kupfer, die schmelzend die Innenseite seines Bewusstseins hinabrann, nicht mehr der Rausch des jungfräulichen ersten Mals, im Gegenteil, es war einfach nur ein »noch einmal«, eine banale Wiederholung, die bewirkte, dass er sich billig, schmutzig und ordinär fühlte, sterblich, ein buchstäblich verarschtes Opfer seiner eigenen idiotischen Richtungs- und Ziellosigkeit. Und doch auch wieder nicht, denn im Lauf des dazwischenliegenden Tages – in der Vormittagssonne in der Küche, beim Verzehren seines French Toast, in The Performing Garage, während er dem Gespräch der Regisseurin und ihrer »group members« und »associates« über einen möglichen Text zuhörte, und am Abend, als er erst nördlich und dann südlich der Canal Street, die Chambers Street entlang und durch den Financial District zum zukünftigen Ground Zero geschlendert war, während er das sublime kleine »square« Pizza mit Spinat und knusprigem *und* schmelzweichem Käse verzehrt hatte – hatte sich um die blutige Sprengung von Ringmuskel und Enddarm allmählich eine schützende, regenerierende Haut geschlossen, und der Schmerz, als diese zarte Wunde jetzt brutal aufgesprengt wurde, übertraf auf eine Weise den Schmerz der vorigen Nacht und ließ ihn eine noch heftigere und auf ganz andere Weise (statt schlichter jungfräulicher Reinheit jetzt Jungfräulichkeit *und* Sodomie) *perverse* und komplett idiotische Wollust empfinden als in der Nacht zuvor.

Als er aufwachte, lag er wieder eine Weile da und sah hinauf auf die Straße, auf welcher der Autokorso mit John F. Kennedy nichtsahnend durch die begeisterte, fähnchenschwenkende Volksmenge auf den unausweichlichen Tod zurollt, und wieder sah er das Ganze als Wolken, die in weichen Wirbeln am Himmel vorüberziehen. Als der Schuss fiel, schloss er die Augen, stand auf, zog seine Sachen an und ging die Wendeltreppe hinunter. Dieses Mal war er vorbereitet und der Schwindel nur eine schwache Verwirrung der Sinne, nicht *seiner selbst,* und die Welt als Fundament *seines Ichs* wurde nicht jäh weggezogen; dennoch hielt er auf halbem Weg inne und stützte die Hände auf die Knie, nicht weil ihn Übelkeit übermannte und er sich übergeben musste – nein, weil er sich übergeben *wollte.* Doch auch jetzt, beim zweiten Versuch, gelang es ihm nicht, etwas Nennenswertes hochzuwürgen, was ja wohl auch nur bedeutet hätte, den Zwillingen einen weiteren Sieg zu schenken, sie nicht bloß jene Hälfte des Lebens nehmen zu lassen, welche die Nacht ist, sondern auch den Abend und das immer noch unfassbare Erlebnis vollkommener Erlösung, das ihm zuteil oder *geschenkt* worden war, als er gemächlich, quasi durch die Menschenmenge im Financial District und Lower Manhattan hindurchgleitend das kleine »square« Pizza mit Spinat und Käse gegessen hatte. Das sollten sie nicht bekommen. Niemals.

In der Küche stand die Bratpfanne mit den schmutzigen Tellern der beiden Brüder jetzt schon wie gewöhnlich in der Spüle, und auf dem Tisch sein Teller mit dem noch warmen, buttrig süß duftenden Toast, aber nicht in der Sonne, sie schien nicht, doch das war nicht die Schuld der Brüder, sondern im Gegenteil der Beweis für die Grenzen ihrer Allmacht. Gleichwohl vermisste er jenen goldenen Schwebezustand zwischen Wachtraum und Zeitlosigkeit, in welchen das Licht ihn am Morgen zuvor versetzt hatte, und der Kaffee, der gestern gedampft hatte, schmeckte auf einmal lauwarm. Aber eigentlich war auch hier alles exakt wie gestern, und das ist ja auch nicht so verwunderlich oder pervers, dachte er, Herrgott, die meisten Menschen sind es *gewohnt,* jeden Morgen dasselbe zu essen und zu tun, bis in die kleinste Bewegung, als wäre der Mensch beim Aufwachen noch kein Mensch, sondern bloß eine biologische Maschine, die erst mittels einer Serie automatisierter Bewegungen allmählich menschlich wird und imstande, der Welt da draußen als zivilisiertes Wesen entgegenzutreten. Während er aß, betrachtete er das Bild der zwei kleinen Jungen, die so lieb auf der verschneiten Vorstadtstraße mit ihrer Mutter und ihrem Vater an den Händen vor dem melancholischen, sicher hellblauen Saab standen und vertrauensvoll in die Kamera und die Zukunft schauten, und ihm wurde auf einmal ganz heiß und er hatte das Gefühl, sie zu kennen, als wären sie seine eigene Familie. Er sah auf den Bauch der Mutter in dem langen dunklen Wintermantel mit drei großen runden Knöpfen, und kein Zweifel, sie war wirklich schwanger, im dritten oder vierten Monat erst, und er dachte, dass vielleicht er da drinnen lag und darauf wartete, auf die Welt zu kommen.

Der Schnee. Er fiel aus dem Himmel über Manhattan in großen, schwindlig wirbelnden Flocken, »clusters«, dachte er, wie in »Kloster«, flüsterte er, Milliarden glitzernder Schädel, die lautlos wirbelnd die Stadt mit einem Tuch aus weißem Tod bedeckten. Gehsteige, Autos, die kleinen, schmiedeeisenumzäunten Vorgärten in der West 25th Street, Treppenstufen, Fahrradsättel, die Hüte der Vorüberhastenden, Mützen, Mantelschultern und gekrümmte Rücken, Schuhspitzen, Bordsteine, selbst die Mülltüten, die im Rinnstein zwischen den geparkten Autos verstreut lagen oder in kleinen, hilflosen »gangs« aneinanderlehnten, waren mit je ihrer feinen weißen Häkeldecke überzogen, die jede einzelne Falte in dem dünnen Plastik betonte und nichts übrig ließ als reine Form. Er ging auf der West 25th Street nach Osten, über die Ninth, Eighth und Seventh zur Avenue of the Americas, doch statt nach Süden in Richtung Soho und The Garage zu schwenken, ging er *unversehens* nach Norden. Ein rebellisches Gefühl durchflutete ihn, mit *einer* kleinen Bewegung, von niemandem auf der Straße, in der Stadt, auf dem Kontinent, in der ganzen Welt bemerkt, hatte er das Gesetz gebrochen und das Tor zur *Geschichte* und Zukunft sperrangelweit aufgestoßen. Er fühlte sich wie ein Schuljunge, der seinen stundenplanmäßigen Verkehrstod schwänzt, er wollte ihn sehen, den Kampf zwischen dem unendlich komplizierten kristallinen und jetzt gerade völlig stillen Toben der Elemente und der brutalen Vereinfachung der Stadt aller Dinge zu einem »grid«, er dachte, dass das Einfache immer siegen und letzten Endes den Pokal heben würde, der die völlige Auslöschung der Welt bedeutet, und dass sich, ganz egal, wie lotrecht der Schnee hier unten zu fallen schien, weiter oben im Norden, in den Straßen um Times Square und 42nd Street, wo die Gebäude an den Wolken kratzten, auch nur der Hauch von Wind regen würde, der es dem Schnee unmöglich machte, jemals bis ganz auf den Boden der tiefsten Schächte vorzudringen und sich dicht an die südlichen Sockel zu schmiegen, nie mehr würde er die Welt gänzlich bedecken, das war's, was er sehen wollte, Utopia Realized, die Verwirklichung des amerikanischen Traums. Er ging den Broadway entlang, der sich über den Times Square zur 42nd Street schlängelte, schwamm mit dem

Strom über die Kreuzung und ging, den Kopf in den Nacken gelegt und den Blick zwischen den glatten, dunkel spiegelnden Fassaden hoch in das Weiß gerichtet, aus dem die Flocken wirbelten, ein paar Meter, dreißig vielleicht, nach rechts, dann erst blieb er stehen und sah auf den Boden. Das durfte nicht wahr sein: Dem Chaos, das jeder Art von Bewegung innewohnt, war das Unmögliche gelungen, sogar hier, dicht an der Südwand eines vielleicht hundertstöckigen Gebäudes in der 42nd Street, Manhattan, New York City, the U. S. A., lag Schnee. Überall lag er. Triumph! Er ging weiter auf der Tabula rasa durch das Vormittagsgewimmel hastender, rollender, salzstreuender New Yorker schrieb er sich mit seinen schwarzen (und leider, wie er jetzt merkte, nicht ganz wasserfesten) Schuhen nach Osten in Richtung Grand Central Station, und als er die Avenue of the Americas überquerte, sah er in weiter Ferne im Norden am Ende des senkrechten Straßenschachts den Central Park gleichsam *überschäumen* vor noch anderen, wildfremden, unbändigen Formen, Aufruhr, Tumult, wie ein Vorzeichen, es lockte ihn und er wusste, früher oder später würde er sich hingeben und mitten in diese Zone aus interniertem Chaos hinein- oder hinaustreten müssen, aber noch nicht jetzt. Im letzten Moment schwenkte er vor der Grand Central Station wieder nach Süden.

Eine knappe halbe Stunde später, an der Ecke Broadway und East 12th Street, betrat er die Buchhandlung The Strand, ohne zu wissen, was er dort wollte (oder sollte), und fand sofort zuoberst auf einem der ersten Stapel, nur wenige Meter in der scheinbar unendlich tiefen Büchergrotte, ein monströses, verschlissenes und komplett schiefgelesenes Exemplar von *The Andy Warhol Diaries,* natürlich »square« und schwer wie ein Grabstein. »Only 8.95 $« stand in Weiß auf einem runden roten Aufkleber auf dem sonst stilbewusst schwarzsilbernen Cover. Das konnte er sich zum Glück nicht leisten, seine nicht mal zweihundert Dollar mussten so lange reichen wie möglich, am besten, bis der Augenblick gekommen war. Er kaufte es, ohne zu überlegen, und stopfte es hinter die Kleider, das Notizbuch und die Zahnbürste in seinen kleinen Rucksack, der, als er ihn aufsetzte, auf einmal beinahe untragbar war. Er verließ den Buchladen und ging auf dem Broadway weiter nach Süden, und in den Schaufenstern, an denen er auf seinem Weg runter nach Soho und The Performing Garage vorbeikam, war sein Spiegelbild jetzt nicht mehr das Spiegelbild einer beliebigen Person, sondern eines Backpackers auf dem Abstieg in die Obdachlosigkeit, und er dachte, dass der Vorbesitzer des Buches (oder *die* Vorbesitzer, vielleicht waren *sie* es, ja, wer sonst!) es gründlich und mehrmals und mit der Zeit ganz aus dem Leim gelesen hatte, als wär's der Koran, die Bibel, The Holy Book, der Schlüssel zum Rätsel der Welt und der Seele des Menschen. Christ!, dachte er, er war nicht in die Neue Welt gekommen, um gleich *jemand* zu werden, im Gegenteil, bis der rechte Augenblick käme, wollte er bloß als absoluter Nullpunkt durch New York streifen und nicht als noch irgendein mit Bedeutung Aufgeladener und Beladener. Er verfluchte die beiden Brüder und war froh, nie wieder ihre karikaturartigen Stimmen hören und ihre dämonisch unschuldigen Visagen sehen und die Explosion ihres viel zu kleinen und viel zu persönlichen Todes in seinen Eingeweiden spüren zu müssen oder zu sehen, wie sie ihn Hand in Hand mit ihren Eltern aus der schwarz-weißen Vergangenheit ansahen, als wäre er ihre Bestimmung.

Um wenigstens sich selbst zu wiederholen, setzte er sich schräg hinter Liz LeCompte, zwei Reihen höher, damit sie seine Anwesenheit nicht sehen, aber zweifellos spüren konnte. Sie brauchte sich nicht umzudrehen, doch die erste Assistentin, die zierliche, spitznäsige »volunteer«, die er fälschlicherweise für die kleine Schwester der Zwillinge gehalten hatte, warf ihr perfekt langes Haar in den Nacken und sah irritiert zu ihm hoch, als hätte er auf einmal wer weiß wie viel Aufmerksamkeit beansprucht.

Währenddessen gestikulierte LeCompte insektenhaft schmächtig und lachte plötzlich laut ohne ersichtlichen Grund. Die Performer, sogar Willem (aber nicht Valk), standen unverdrossen vor sich hin nuschelnd unten in ihrer Passage und machten vermutlich nur »their stuff«. So auch er: Die ersten Stunden versuchte er, seine Aufmerksamkeit zu zerstreuen, er verglich zum Beispiel das Leben, das vielleicht nicht bloß das Leben war, sondern zwei wirkliche »shows«: die in The Performing Garage und die in der Wohnung, 412 West 25th Street, sozusagen seine Tage versus seine Nächte:

1. Beide spielten sich in einem Raum ohne Fenster ab.

2. Beide waren eine Art autistische Welten in der Welt, mit ihrem eigenen künstlichen Licht und ihrer eigenen Zeit, die von der übrigen Welt getrennt waren und sie beinahe, aber auch nur beinahe, aufhoben.

3. Beide hatten eine subtile und brutale, beinahe totalitäre Sozialhierarchie, die sich nicht sofort, aber doch sehr rasch bemerkbar machte.

4. In beiden benutzten die Menschen/Performer Text oder Texte in Form von Repliken, denen man unmittelbar große Bedeutung beimaß, die

aber mit der Zeit jegliche Bedeutung verloren und sich als nichts anderes herausstellten als »something to say when you just need something to say«.

5. Bei beiden dachte man beim Betreten, man sei früh dran, und es sei anscheinend noch nicht wirklich etwas passiert, dass jeder für sich (immer noch) bloß tat, was er oder sie eben zufällig machte, bis einem plötzlich – zu spät – klar wurde, dass alle schon lange, vielleicht schon lange, bevor man hereinkam, damit beschäftigt waren »to do their stuff«, und dass das scheinbar ganz Zufällige, Alltägliche – das auch durchaus sonderbar oder geradezu bizarr wirken konnte: die Gummischürzen der Performer und die Seidenpyjamas, der Velours an den Wänden, die monströse Plattform, Warhols elektrischer Stuhl, Valks und Dafoes gleichgültiges, aber virtuoses Geleier und die hysterischen Stimmen der Zwillinge – in Wirklichkeit das Resultat einer straff choreografierten, wahnwitzig komplizierten, undurchschaubaren, undurchdringlichen Komposition aus Licht, Text, Geräuschen und Bewegungen war, die von dem Augenblick an, da man sie begriff, nicht bloß mehr oder weniger interessant und merkwürdig waren, sondern geradezu

hypnotisierend, unwiderstehlich anziehend, in eine Besessenheit steigernd, die sich zu einer anderen Welt zu öffnen schien und einer völlig anderen Form von Sein.

6. Beide hatten den menschlichen Körper und sein *Dasein* als zentrales Medium, aber auch als wunden Punkt, als möglichen Verräter:

Plötzlich sah Peyton Smith ihm in die Augen, nicht direkt, sondern durch die Kamera und den Monitor, und dann sofort nach unten, und kurz danach murmelte sie etwas, das aus irgendeinem Grund nicht »part of the show« sein *konnte,* und verschwand gleich danach, nicht nur aus dem Monitorbild, sondern ganz aus dem Raum. Er blieb sitzen. (Die Zeit verging, Jahrhunderte, Jahrtausende. Er wurde älter. Und älter.)

Unten in der Lücke der Ungewissheit, die sich zwischen der Bühnenplattform und der vordersten (und bislang immer leeren) Stuhlreihe auftat, standen Jeff Webster (oder vielleicht hieß er in Wirklichkeit, warum nicht, Dave Shelley) und Willem Dafoe mit einem Meter Abstand nebeneinander und nuschelten Fragmente aus Tschechows *Drei Schwestern* und dem berühmten Pornofilm, den er nicht kannte, und zwischendurch auch dramatischere Sätze wie »I can't hear myself«, »it's freezing in here«, »where did I put down my coffee?«, »this story about those Menendez brothers, it's pretty creepy« und »they say, Zappa just died«; sie redeten abwechselnd oder gleichzeitig oder scheinbar zufällig durcheinander und in je ihre Kamera, jedoch ohne sich zu irgendeinem Zeitpunkt einander zuzuwenden oder auch nur verstohlen anzuschauen, als befänden sie sich jeder in seiner autistischen Welt. Und mit einem Schlag waren sie nicht mehr gleich-gültig, sondern schonungslos vergleichbar: Jeff Webster (oder Dave Shelley) zur Linken hatte keinerlei Bühnenpräsenz, keine Ausstrahlung und nichts Anziehendes, es gab absolut keinen Grund, warum man ihn ansehen oder ihm zuhören sollte, er war der beliebige, ganz gewöhnliche Durchschnittsmann: *der Mensch;* und zur Rechten Willem Dafoe, der im selben Licht und auf dieselbe Weise dastand – Gesicht, Arme, Torso, Gummischürze und ein Paar weiche Boxerstiefel – und dasselbe Wirrwarr von Sätzen aus Tschechows *Drei Schwestern* und einem Pornofilm und God-knows-What in die Kamera leierte, und dennoch hatte er eine so übermenschlich strahlende und hypnotisch anziehende Präsenz wie ein geborstener Atomreaktor, oder besser: wie Erlöser *und* Teufel in einer Person. Und er sah ihn sich mit von der Kreuzeslast gebeugtem Rücken den kahlen, steinigen Hang hinaufschleppen, und die Sonne, die Dornenkrone und das Blut, das langsam dieses Gesicht hinabrann, das kein Gesicht war, sondern eine Fratze, eine Affenvisage, the missing link zwischen *dem Herrn* und den Menschen, und er dachte, dies war der Grund, weshalb er hier war, nicht wegen der Zwillinge oder Warhol oder wegen des elektrischen Stuhls, sondern weil er, wenn die Zeit käme, als the missing link zwischen der Avantgarde und den Massen, Messias und Hollywood, an die Stelle des Affen und Erlösers treten und etwas in Gang bringen würde, die *Geschichte* in eine Bewegung versetzen, die alles ändern würde, aber ohne ein Kreuz oder ein anderes blödes Ding zu hinterlassen, das etwas darstellen sollte und seinen symbolischen Schatten über die Erde und die Menschen werfen und sie jahrtausendelang mit all seiner (möglichen) Bedeutung belasten, im Gegenteil, er selbst mitsamt Rucksack, Arsch, Visage und Schmerzensleib sollte in dem Augenblick, in dem *es* geschehen war, spurlos verschwinden und für immer vergessen sein, und er musste dabei an Liz denken, die tags zuvor gesagt hatte – nicht, als ob's was Wichtiges wäre oder etwas, das alle um Gottes willen hören sollten, nur so nebenbei, als sie sich nach einem runtergefallenen Kugelschreiber bückte oder mit noch leicht feuchten Händen aus der Toilette kam, und ohne dass es außer ihm und vielleicht einem der »volunteers« sonst jemand gehört hätte –,

Willem habe das Kreuz einzig der Belohnung halber den Hügel hochgeschleppt (keine Erlösung oder Gottes ewige Gnade, Paradies oder Engelsgesang, sondern) wegen der sieben Millionen Dollar, die es ihnen erlaubten, hier in der Garage (zumindest die nächsten paar Jahre) »to do our stuff«. Aber was war das? Das war's, was er wissen wollte. Denn er wusste, hierin lag der Schlüssel zu allem.

Kurz vor sieben ging er zusammen mit den letzten »volunteers« und einem »associate« die Treppe hinunter auf die Wooster Street. Er hatte noch gut Zeit, er konnte in aller Ruhe Richtung Norden gehen oder wohin auch immer er wollte, also begleitete er die anderen noch ein paar Schritte, sagte »bye« und »see you tomorrow« und ging in The Gourmet Garage. Es war das perfekte Timing, zwei Minuten vor Ladenschluss, und er spürte den Schauer der Erwartung, jetzt gab es für ihn nur eins auf der Welt, er fühlte sich berufen, gleichzeitig war er völlig der Menschheit ausgeliefert oder genauer den Amerikanern und ihrem mehr oder weniger kollektiven unbewussten *Willen.* Es gab nur drei Möglichkeiten, und er wusste nie, welches Los er ziehen würde, die Entscheidung war einem zufälligen Ausschnitt der Bewohner New Yorks und somit der USA überlassen, was diese aber nicht wussten, sie trafen keine Wahl für ihn (sie ahnten noch nichts von seiner Existenz), sondern indem sich jeder aussuchte, worauf er gerade an dem Tag Lust hatte, ließen sie ihm genau das übrig, was sie *nicht* haben wollten oder einfach nicht ausgesucht hatten. Heute, stellte sich heraus, war es ein Peperoni-Cream-Cheese-Cucumber-Sandwich. Er aß es, während er durch Soho streifte, und als er den Broadway überquerte und einen Augenblick aus dem Dunkel ins Licht kam und schier in der Menge davonglitt, kam Peyton Smith aus einem Dean & DeLuca. Sie sagte, sie sei auf dem Weg nach Hause, sie wohne in der 9th Street, ganz in der Nähe der St. Mark's Church. Und The Strand, sagte er. »Yeah, The Strand«, sagte sie. Es hatte wieder angefangen zu schneien, dicke weiße Flocken wirbelten aus der Dunkelheit hinab in das bunte Licht um sie herum. Sie sagte, dass bald Weihnachten sei, und fragte, was er an Weihnachten vorhabe. Darauf, dachte er, brauchte er nicht antworten, das war einfach so etwas, was Amerikaner eben sagten, wie »hi« und »how are you«, und sie erzählte, sie fahre zu ihrer Mutter nach Pittsburgh, nur für ein paar Tage, vielleicht fünf, es sei eh niemand in The Garage, alle führen irgendwohin, weg aus der Stadt, zu ihrer Familie, Willem und Liz nach Norden in ihr Haus »upstate«. Er fragte, ob das auch »part of your stuff« sei. »No, not really«, sagte sie, »or maybe it is.«

Die Wohnung im Hochparterre bestand aus einem einzigen Zimmer, das sich wie ein langer weißer Sarg durch das ganze Gebäude zog. Sogar die Toilette lag darin, hinter einer geblümten Gardine versteckt, und daneben, gleichsam an der Wand abgestellt, eine pompöse weiße Badewanne mit vergoldeten Löwenfüßen. Peyton Smith stellte ihre Tasche ab, zog den Mantel aus und drehte die Hähne auf, sodass das Wasser lautstark in die Wanne strömte, und während er zusah, wie sich die Wanne füllte und der Dampf langsam aufstieg und über den Wannenrand und an ihm hinunterquoll, ging sie umher und zündete Kerzen an und löschte zuletzt das elektrische Licht, sodass das Zimmer allein von dem sanften, wogenden Kerzenschein erhellt war. »Maybe you'd like to take a bath«, sagte sie. Sie begann sich auszuziehen. Er sagte, es gebe da eine Sache, die ihn wundere, etwas, das sich wiederhole, es geschehe mindestens einmal im Lauf des Tages oder der »show«, aber anscheinend ohne dass jemand davon Notiz nehme, manche seien gar nicht im Saal, sondern im Büro, auf der Toilette, vielleicht unten in The Gourmet Garage Kaffee holen, andere säßen einfach nur irgendwo auf der Tribüne und äßen einen Apfel oder plauderten leise oder schrieben etwas in ein Heft, soweit er sehen könne, sei er, vielleicht mit Ausnahme von Liz, der Einzige, der es beachte, und im Gegensatz zu allem anderen, was in The

Garage geschehe, scheine es, als bedeutete es etwas, nur was es bedeuten solle oder warum, das verstehe er nicht. »What do you mean ›mean‹?«, sagte sie und ließ sich in die Wanne sinken, sodass ihre Brüste sich auf ganz neue Art zu heben und ihre Form zu verlieren und eine andere, schwebende, wogende anzunehmen schienen. Auf der Bühne ist keiner, sagte er, nur die Monitore, die Kabel, zufällig hingeworfene Kleider, und still ist es, bis auf das schwache Sirren der Lampen und die langsam aus den Lautsprechern ersterbenden Geräusche des Tages. Dann, fast unmerklich, wird das Licht über der Bühne, vielleicht überall in The Garage, in ganz New York gedämpft, und ein einzelner Monitor hebt sich mit einem letzten schwarz-weißen Flimmern hervor. Und aus diesem letzten Flimmern tritt ein Gesicht und der oberste Teil eines Männertorsos, einer der Performer, denkt er, auch wenn er ihn sonst nirgends in the Garage gesehen oder nie jemand über ihn geredet hat, ein schöner Mann Mitte vierzig, würdevoll, beinahe aristokratisch, mageres, scharf gezeichnetes Gesicht, dunkle Augenbrauen, tiefe, traurige Augen. Erst sitzt er bloß da und schaut nach vorn; dann richtet er den Blick auf einen Punkt direkt rechts neben der Kamera und fängt an, sich vorsichtig, mit einem Finger bloß, eine Art Creme auf die weiche, faltige Haut unter den Augen zu schmieren. Er blinzelt ein paarmal, wartet, auf was? Dann fängt er an zu sprechen, ruhig, mit warmer, maskuliner Stimme, er wendet sich an jemand jenseits der Kamera, in einer anderen Zeit vielleicht, es ist eine Art Abschiedsrede, er nimmt Abschied, vielleicht von den drei Schwestern, dem Gutshof, dem Leben dort in der russischen Provinz, wo nichts geschieht und alles sinnlos ist und keine Bedeutung mehr hat, nur diese ewige Sehnsucht, die Musik, die langen Kleider der Frauen, ihr Seufzen, »by ways of farewell«, sagt er (und eine Träne schwillt und löst sich und rollt ihm über die Wange), es ist Zeit, er muss Abschied nehmen, er muss fort, in den Krieg vielleicht, nach Moskau, wer weiß, weit muss er reisen und kehrt wohl nie mehr zurück ... »Who is he?« »You don't know?«, sagte sie. »Nein«, sagte er. »It's Ron«, sagte sie, »Ron Vawter, one of the founding group members.« »But I have never seen him in The Garage«, sagte er, »where is he?« »Nowhere«, sagte sie, »he is dead.« Es war ein seltsames Gefühl, sie war nicht mehr zu fassen, nicht bloß die Brüste, ihre ganze Leibesfülle schien im Wasser zu zerfließen, jedes Mal, wenn er in sie eindrang, glitt er langsam raus, es war nicht persönlich, sondern elementar, fremd. »It's just his way of saying goodbye«, sagte sie. »But you are not there«, sagte er, »no one is watching, or even listening; just me, and he never even met me.« »I know«, sagte sie. »What do you know?« »I don't know«, sagte sie, »it's all just so sad.«

Als er unten auf die Straße trat, war immer noch eine Stunde Zeit bis Mitternacht, und da er sonst nichts zu tun hatte, flanierte er gemächlich die 9th Street entlang, schlenderte die First Avenue hoch und weiter nach Westen auf der 10th Street. Es war harter Frost, der Himmel klar, und dennoch musste es geregnet haben, alles – Laternenpfähle, geparkte Autos, die kahlen Bäume entlang der Straße, Traufrinnen, Müllsäcke, sogar der Asphalt – war mit einer Haut aus klarem Eis überzogen, als wäre der Regen, als er, viel zu warm und milde und vage für diese Welt, wie ein sanfter Kuss die Stadt getroffen hatte, zu Eis erstarrt, und die ganze Stadt mit einem Mal gefangen und offenbart. Die Menschen schoben sich vorsichtig über die seltsam leuchtende Fläche, als wären sie eben erst auf die Welt gekommen, oder saßen zusammengekrümmt, starr übers Lenkrad stierend, in ihren Autos, die sachte, auch sie tastend, vorwärtsrutschten und dann ohne Vorwarnung und fast in Slow Motion seitlich und manchmal kreiselnd (wie Curlingsteine, dachte er) über das Eis schlitterten und gegen den Bordstein oder ein parkendes Auto prallten, und auf dem Platz vor St. Mark's standen einige Bewohner des Viertels, sicher zum ersten Mal und verzückt kreischend wie Kinder, auf Schlittschuhen in ihrer Straße. Er rief sich in Erinnerung, was an diesem Abend geschehen war und ob es möglich wäre, dass es sich wiederholen könnte und dadurch, mit der Zeit – den Wochen, Monaten –, allmählich eine Art von Bedeutung bekäme, ob sich, wenn er jeden Abend, wenn er The Performing Garage verließ und nachdem er zuerst in the Gourmet Garage gewesen war und das letzte Sandwich des Tages gekauft hatte, das so, früher oder später, der einzige und letzte unbestimmte Faktor in seinem Verhältnis zur Stadt sein würde, und mit dem Sandwich in der Hand durch Soho wanderte und den Broadway überquerte, ihr beim Verlassen eines Dean & DeLuca begegnete und sie sagen würde, dass sie auf dem Weg nach Hause sei, und dann die Hähne aufdrehte, dass das Wasser in die Wanne schoss, und während er einfach dastand und zusah, wie das Wasser langsam stieg und der Dampf wie schwerelose weiße Lava über den Wannenrand quoll und sich wie Rauch über den Boden legte, umherging und Kerzen anzündete und schon einen Augenblick später in die Wanne sinken ließ, und ihre Brüste sich aufs Neue und wie immer zu heben und ihre Form zu verlieren und eine andere, schwerelose anzunehmen schienen, und er selbst sich hinunter- und hineinsinken ließe und jeden Abend ein Rätsel stellte, auf das es keine Antwort gab und das keine Bedeutung hatte und nur die letzte Lücke der Ungewissheit füllte, die es (wie die schmale Passage zwischen Bühnenplattform und vorderster

Stuhlreihe bei der Show in The Garage) zwischen ihnen geben musste – langsam eine Art von Komposition oder Muster zeigen, und sich allmählich öffnen würde, zu einem Ausweg oder hin zu einer anderen Form von Dasein, von Mensch, oder vielleicht etwas völlig anderem, was?

Er stand in The Strand und blätterte in einem Exemplar von *The Andy Warhol Diaries,* das er beim letzten Mal übersehen haben musste oder das vielleicht in der Zwischenzeit ausgelegt worden war, als ob immer, unerschöpflich, ein neues letztes Exemplar auftauchen würde, wenn das scheinbar letzte gekauft (von wem … wenn nicht von ihm?) und hinaus in die Stadt getragen worden war, es war im Großen und Ganzen dasselbe wie das, das er in seiner Tasche auf dem Rücken trug und das ihn aussehen ließ, als streifte er nicht länger einfach nur umher, sondern stünde im Begriff, unterzugehen und sich zu verlieren, es kam ihm nur einen Tick weniger zerlesen vor. Einen Augenblick bereute er, stattdessen nicht dieses Exemplar gekauft oder – da es ja noch nicht da gewesen war – gewartet zu haben, aber in dem Fall würde es eben noch nicht dagelegen haben, erst jetzt konnte er es kaufen, und dann würde er *zwei* Exemplare von *The Andy Warhol Diaries edited by Pat Hackett* mit sich in den Straßen, der Stadt und dem

Dasein herumtragen müssen und ernsthaft Gefahr laufen, sich zu verlieren. Und er dachte, unmöglich, was geschehen war, konnte sich niemals wiederholen, es war ja nicht der elektrische Stuhl, sondern eine banale Badewanne, und dass Peyton, obwohl sie eine der vier verbliebenen »founding group members« war und ihr Leben die letzten fünfzehn Jahre mehr oder weniger in The Performing Garage als Teil von »the show« gelebt hatte und die Sprache, die Gleichgültigkeit und das Timing des Zufälligen anscheinend perfekt beherrschte und Sätze sagen konnte wie »sometimes it's just good to have something to say, also if you don't really have anything to say«, und »no, not really … or maybe it is« und »it's freezing in here«, immer noch nicht begriffen hatte, was sie und die übrigen »group members« und »associates« und »volunteers« taten, was für eine *show* es war, der sie angehörte. Und er fragte sich, ob die Zwillinge wussten, was sie taten, oder ob sie ebenso ahnungslos waren und bloß ihren »stuff« machten und wie Peyton und Jeff, selbst Willem, ein Auge hatten, das, mitten unter ihnen und gleichzeitig von außen, ihre »show« sah und sie bewegte (so wie Liz in gewissem Sinn die Performer in The Garage bewegte), doch das hatten die Zwillinge nicht, dachte er, was sie bewegte, war etwas ganz anderes, Unmenschliches, und ihre Show war keine »show«, aber was war sie dann?

Er klappte das Buch zu und legte es zurück auf den Stapel und bereute es und ging zurück auf die Straße, wo sich das Leben immer noch in hilflos schlitternder, stummer Slow Motion bewegte, und er sah jetzt, dass die Menschen (und ihre Hunde) als Einzige nicht mit Eis bedeckt oder überzogen waren und sie im Lauf des Augenblicks, den er früher am Abend weg gewesen war, aus der Welt ausgeschieden und nicht länger *in,* sondern *auf* ihr waren, die Welt war nicht abhanden, im Gegenteil, sie war näher, klarer und erlöster leuchtend, unverzichtbar schöner denn je *und* plötzlich unzugänglich, und dass sich die Menschen vor seinen Augen in drei Gruppen geteilt zu haben schienen: diejenigen, die ängstlich, entfremdet, mit weit aufgesperrten, starr stierenden Augen versuchten, sich zu orientieren und, koste es, was es wolle, ihr Ziel zu erreichen, und jene, die sich weigerten, das Wunder zu akzeptieren, und mit Schlüsseln, Kratzern, Hämmerchen und sogar Hacken versuchten, das Eis wegzuklopfen, sich rasend, verzweifelt in die Welt zurückzu*schlagen,* und schließlich jene, die losgelassen hatten und sich, plötzlich ohne Ziel oder Bestimmung, vom Besitz der Dinge und ihrer selbst erlöst, der Entfremdung hingegeben hatten, dieser neuen, gleitenden, kreiselnden, erlösten oder befreiten Form von Sein.

Zwei Minuten nach Mitternacht klingelte er an der Sprechanlage von 412 West 25th Street in Manhattan, und eine karikaturhaft hysterische Frauenstimme sagte »who is it?«, und einen Augenblick später »but it's so late, and I didn't think you'd actually really show up.« Doch dieses Mal überraschte es ihn nicht, nichts von dem, was er im Lauf der Nacht über sich ergehen lassen musste in der … ja, wie sollte er es oder sie nennen: Wohnung?, war es wirklich eine Wohnung, war es nicht vielmehr eine Installation, eine Fiktion, eine Parallelwelt?, eine Show war es nicht, so viel wusste er, obschon er noch nicht ganz erklären konnte, warum, ein Museum vielleicht (mit den zwei Brüdern als Wärtern (oder Führern) und ihm als einzigem (vermutete, ja, hoffte er) Gast), ein »club« war es auch nicht, vielleicht eine Art Loge, eine okkulte Gesellschaft für Eingeweihte (nur warum wurde er dann Nacht für Nacht aufs Neue eingeweiht?), eine Deutung (wovon?), eine Vision, eine Dystopie für die Menschheit oder ein wissenschaftliches Experiment (mit ihm und den Zwillingen als zwei wesensverschiedenen Arten, die eine in gewisser Hinsicht primitiv, aber äußerst raffiniert, die andere zunächst unberechenbarer und »freier«, dagegen gelehrig und autoritätsgläubig und leicht dressierbar, oder waren sie im Gegenteil Eltern und Kind? Und irgendwo da oben oder unten saß der Versuchsleiter und registrierte und analysierte ihr *Verhalten* und die Abweichungen von der vermuteten Regel und warf von Zeit zu Zeit – wenn die beiden Exemplare der primitiven, aber unfassbar präzisen Art es müde waren, mit ihrem Opfer zu spielen, und es schließlich verzehrten – ein neues Opfertier in die Manege, ja, vielleicht war es ein Zirkus, ein Zirkus ohne Publikum, das Leben um des Lebens willen, der Mensch mit keinem anderen Zweck als dem Menschsein) … konnte ihn im Geringsten überraschen, im Gegenteil, er *wusste* es, und das verlieh dem Ganzen – der Nacht, der »show« (es war keine »show«), dem (Mensch-)Sein – eine ganz neue, dritte Dimension: Anstatt ihm vorhersehbar (was es war) vorzukommen, fühlte sich alles bis ins kleinste Detail, jede Bewegung, jeder Atemzug, jeder Blitz *rasend* spannend, riskant an, wie ein Pas-de-trois-Seiltanz für zwei Meister und einen Novizen auf einem über den Abgrund zwischen den Türmen des World Trade Center gespannten *wire* aus Velours. All das inzwischen Vertraute hatte auf einmal eine neue Fremdheit gewonnen, als wäre er von der Welt durch eine dünne, undurchdringliche Haut aus Glas oder Eis getrennt, die jedes kleine Ding glitzern ließ, fern, unerreichbar *und* zum Greifen nah. Aber ich bin doch kein Zuschauer, dachte er, ich bin a *god-damned* part of the show! Und er ließ sich in gleichsam gleitender Slow

Motion im Eisseiltanz über den Abgrund führen und versuchte – by the way – alles aufzunehmen und kein noch so winziges Detail zu verpassen: das präzise intonierte Glissando von Bruce' (oder Jerrys? Noch immer wusste er nicht, wer wer war, die Zwillinge waren der tote Winkel oder der Fluchtpunkt seiner neuen Welt) hysterisch karikaturhaftem »Oh!«, die Art, wie der schwarze Strohhalm seiner Sprite-Flasche auf dem Tablett, das Bruce (oder Jerry) ihm mit den Worten »the black one's yours« hinhielt, sich an den Flaschenrand *lehnte*, mit im akkurat selben Winkel gebogenem Knick wie am Abend davor; wie der kleine Finger von Jerrys (oder Bruce') linker Hand, als ihn die beiden Brüder aus dem elektrischen Stuhl hoben, einen Augenblick – als wär's ein Versehen – am Ellbogenknöchelchen hängen blieb und dann, witsch, dem Griff der drei anderen Finger um seinen Oberarm hinterherglitt … Jede einzelne Bewegung, jeder Tonfall, jede Berührung der Brüder schien ihm einleuchtend, zwingend und zutiefst rätselhaft, wie etwas, das er nie verstehen würde, und wenn er es noch so oft erleben sollte. Alles – die Nacht und das Zimmer – strotzte und zitterte in einer Weise und einem Grad vor Bedeutung und Sinnfülle, wie die Welt und das Leben es nie zuvor getan hatten. Gleichzeitig war die ganze Nacht ein einziger furchterregender Sturz ins Leere (wie ein Astronaut, der, indem er mit dem Druck auf den Summer der Sprechanlage das Verbindungskabel zum Raumschiff, seiner einzigen möglichen Welt, kappt, in der Unendlichkeit versinkt), weil er, der in der ersten Nacht, vor nur achtundvierzig Stunden, völlig in ihrer Gewalt gewesen war (aber noch ohne es ganz begriffen zu haben) und nicht versucht hatte, einer Erwartung zu entsprechen, sondern ganz in die Gegenwart versunken einfach nur gemacht hatte, was er eben machte, als wär's ein für alle Mal, plötzlich nicht wusste, was genau er tun sollte, er erkannte die Gesten und Repliken der Brüder bis in die feinste Nuance wieder, doch was genau er selbst in der ersten und in gewissem Sinn vollkommenen (und unwiderruflich verlorenen) Nacht gesagt oder getan hatte, daran konnte er sich nicht mehr erinnern. Er tastete sich stolpernd durch die Nacht (wie ein Tänzer, der vom Scheinwerferlicht geblendet versucht, den ihm verborgenen Bewegungen seines eigenen Schattens zu folgen) und spürte, wie sich ein immer unüberwindlicherer Abgrund auftat zwischen dem, der er vor zwei Nächten gewesen war, und dem hoffnungslosen Imitat jetzt. Als der eine oder der andere jetzt zum dritten Mal in ihn eindrang, war der Schmerz nicht derselbe Rausch, sondern ein Feuer von Verzweiflung (und Hoffnung). Dieser Augenblick – die Explosion, die blendende Erleuchtung seines ganzen Schädels –

konnte nie derselbe werden, weder er noch sie waren dessen Herr, das war der wunde Punkt und zugleich der vielleicht notwendige Leerraum, um welchen der Rest der Nacht seine stets wachsende Bedeutung wirbelte, ja, das war der Augenblick, um den sich alles drehte, aber an sich war er ohne Bedeutung, nichtssagend, unfruchtbar, leer … Warum aber dann genau diese Handlung und nicht eine x-beliebige andere?, dachte er, es gibt zahllose, dem Menschen mögliche »Akte«, die ebenso bedeutungslos sind, aber vielleicht, dachte er, keinen Akt, der so heftig, explosiv wäre wie der sexuelle, mal abgesehen, dachte er, vom Tod. Es wunderte ihn, dass einige der einflussreichsten Philosophen der zweiten Hälfte des inzwischen ausgezehrten Jahrhunderts geglaubt oder behauptet oder einfach als selbstverständlich betrachtet hatten, dass just *dieser* Augenblick, *diese* Explosion und *dieser* Akt nicht bloß Mittel sein sollte, sondern Zweck: das Begehren, die Erlösung, die Freiheit, welche Freiheit?

Als er am nächsten Morgen am Küchentisch in der Wintersonne (sie war zurückgekehrt) saß und seinen French Toast verzehrte und seinen Kaffee und seinen Orangensaft trank und (wie inzwischen allmählich schon gewöhnlich) die Fotografie der zwei kleinen Jungen, Hand in Hand miteinander und ihren Eltern vor dem melancholisch staunenden, sicher hellblauen Auto auf der verschneiten Vorstadtstraße irgendwo tief in den Staaten betrachtete, entdeckte er, dass der eine der beiden Jungen, der zur Linken, über der rechten Augenbraue eine winzig kleine Beule (oder nicht?) auf der Stirn hatte, als ob er gestürzt wäre und sich wehgetan hätte (aber vielleicht war es nur eine kleine Delle im Fotopapier oder ein Fussel auf der Linse, eine Schneeflocke, die auf das leicht gekrümmte Glas gestoben und zu einem kaum sichtbaren Tropfen geschmolzen war). *Da* ist doch ein Unterschied, dachte er und wünschte, einer der beiden möge eines Nachts plötzlich eine Beule oder, noch besser, immer schon ein kleines Muttermal gehabt haben, einen runden, leicht geschwollenen hellbraunen Auswuchs mit ein paar gekräuselten Haaren drum herum auf dem schmächtigen Unterarm, ein fast geheimes, zärtliches mütterliches *Zeichen,* das er – zufällig? – entdecken würde, worauf er endlich imstande wäre, die beiden voneinander zu unterscheiden. Dann würde er, egal welche Namen die zwei Brüder just in dieser Nacht füreinander verwendeten, den mit dem Muttermal Jerry nennen. Oder Bruce. Dachte er.

Er schloss die Tür hinter sich und ging hinaus auf die West 25th Street, doch im Lauf des Morgens war das Eis geschmolzen, die verzaubernde Verfremdung und Erlösung und Verklärung der Welt war aufgehoben, die Karosserien, Bäume und Schilder tropften tränennass, in den Falten der Abfallsäcke standen jetzt kleine, längliche Seen mit klaren und doch lebendigen Spiegeln, es würde nie wieder dasselbe sein, und er wusste, er war in eine neue Phase eingetreten, und die Nächte würden von nun an ein Kampf sein, ob mit oder gegen, wusste er nicht, er hatte die Aufnahmeprobe bestanden, sie hatten ihn angenommen, und er hatte Ja gesagt (und er sah sie in dem gleichschenkligen Dreieck, das sie zusammen bildeten, vor ihm stehen, in ihren Seidenpyjamas und mit ihren hier und da jäh blitzenden Spiegeltabletts, und später ganz oben in dem weißen Himmelsraum, im Schneidersitz schräg hinter ihm sitzend auf je einer Seite seines Kopfes wie japanische Scherenschnitte vor dem knochenweiß glimmenden Dunkel, sie waren die Meister und er der Novize), und ab jetzt lag es allein an ihm, mittels präziser Beobachtungen, ununterbrochener Aufmerksamkeit und stets wachsender Selbstbeherrschung in einer disziplinierten Rekonstruktion und Neueinstudierung des zufälligen, doch sublimen *Wurfs* der ersten Nacht das Verlorene wiederzugewinnen und die Welt und die Menschen zu etwas zu erlösen, das nicht bloß die furchterregende Klarheit *einer* Nacht war, sondern die permanente.

In den folgenden Wochen hatte sein Tag einen stabilen Rhythmus, der ihn nahezu sklavisch zwischen den beiden Welten bewegte, die für ihn die einzigen *notwendigen* waren, und ihn zwischendurch, an den Vormittagen und späten Abenden, mehr zufällig durch die Stadt, die Straßen, die Menge streifen ließ, während er beobachtete, reflektierte, sich verlor und fand.

Von Zeit zu Zeit, meist dann, wenn er irgendwo auf der Tribüne saß und beobachtete, dachte er über die Unterschiede nach, nicht alle auf einmal, er nahm sich einen nach dem anderen vor und bemerkte zum Beispiel, dass die Performer in der Passage oder dem Abgrund zwischen Bühne und erster Reihe jeden Tag im Großen und Ganzen dasselbe machten, jedoch nie – wie die Zwillinge – exakt dasselbe; den ganzen Tag lang nahm LeCompte kleine Justierungen vor, mikroskopische Verschiebungen von Positionen, Richtungen, Bewegungen, Kleidungsstücken, Lichtstärken, Farbnuancen, Sätzen, Tonfällen, die kein Außenstehender bemerken, allenfalls spüren würde, jede Bewegung der Performer war im Verhältnis zum Vortag und allen früheren Tagen um die Nuance verschoben, die eine Lücke auftat, eine leichte Ironie, eine nie aufgelöste Spannung in allem, und er dachte, dass es genau das war, was LeCompte wollte, die unaufhörliche leichte Verschiebung und Verrückung von allem und, sich daraus ergebend, ebenso leichtes Unwohlsein, Übelkeit, Desorientierung *und* gesteigerte Aufmerksamkeit, die daher rührte, dass jedes noch so kleine Ding und nicht zuletzt jeder einzelne Mensch in jedem Augenblick eine Ahnung *verrückt* war von dem, der oder das man augenblicks oder tags zuvor zu sein geglaubt hatte. Keine Erlösung, keine Heimkehr, keine Identität, nie nie nie im Leben, war es das?

(Es strengte sich auch keiner an in The Garage oder versuchte, etwas Bemerkenswertes oder auch nur halbwegs Ordentliches zuwege zu bringen, keiner kam je zur verabredeten Zeit, jeder kam jeden Tag nach seiner zufälligen Manier ein paar Minuten oder Viertelstunden zu spät, zwischendurch war einer mal den halben Tag weg, bei einer audition oder einer Probe sonst irgendwo in der Stadt, ein anderer hatte was zu erledigen oder war einfach einen Bekannten besuchen oder beim Zahnarzt (nie beim Psychologen), und wenn sie dann da waren, wirkten sie nie zielstrebig oder energisch, sie waren nie *engagiert bei der Sache,* jede Bewegung war Ausdruck von Langeweile oder Trägheit, Lebewesen, die einfach nur die Zeit rumbrachten, ein Zeitvertreibleben, das Liz dann und wann, zufällig, während sie eigentlich mit etwas anderem beschäftigt war, vielleicht stand sie oben beim Tontechniker und hörte sich ein Summen oder Rasseln an, und unten vor der Plattform machte einer der Performer – weil er oder sie fror oder aus Langeweile – irgendwelche lustlosen Bewegungen, fast nur Zuckungen, die sie aus dem Augenwinkel sah, »yeah!«, rief sie, »this I like, keep it!«, und ein paar Minuten oder Tage später dachte sie plötzlich wieder daran und bat denjenigen, der es getan hatte, aber sich schon nicht mehr so genau daran erinnerte, es – so gut es halt ging – noch einmal zu tun; sie sah es sich an und schüttelte den Kopf, bat vielleicht die anderen, »kind of the same« zu machen, plötzlich ähnelte es fast einem von ihr choreografierten, auf (nein, neben) die Bühne gebrachten Tanz. Und eines Tages war dann doch jemand oben, *auf* der Bühne, sogar eine von den Performern, Karen, die er bis dahin noch gar nicht richtig gesehen hatte, nur auf den Bildschirmen als ein Gespenst aus einer anderen Zeit, einem Gutshof mehrere Tagesreisen östlich von … Masha!, jetzt lag sie da plötzlich ganz links auf der Plattform, weit weg von Willem (der, fiel ihm plötzlich auf, gar nicht da war) in ihren Wintermantel gehüllt und schlief …)

Eines Abends verschwand niemand wie sonst immer gegen halb sieben, alle blieben da, und das Leben in

The Garage ging, wie ihm zunächst schien, auf unbestimmte Zeit weiter, und gegen halb acht trudelten nach und nach Freunde der Performer, »associates« und »volunteers« ein, aber auch einige Fremde, und allmählich füllte sich die Tribüne mit Menschen, die das Leben um das Bühnenpodest beobachteten. An den folgenden Abenden wiederholte sich das, und an einem dieser Abende bemerkte er eine etwas ältere Frau, schwarzes Haar, markante Züge und kräftige Knochen, ernster, beinahe düster beobachtender Blick und mitten in ihrem schwarzen Haar, rechts über die Stirn und die Wange hinunter, eine leuchtend grauweiße Strähne oder Welle. Er hatte so eine Ahnung, fragte aber eine der »volunteers«, wer die Frau sei, »Susan Sontag«, sagte sie, und als es später auf den Rängen etwas unruhig wurde, drängte er sich zur Mitte der Reihe durch, in der die Frau saß. Er stellte sich vor und sagte, er habe keines ihrer Bücher gelesen, keine einzige Zeile. Sie erzählte, sie sei vor Kurzem in Jugoslawien gewesen, oder »former Yugoslavia«, sagte sie, und habe an einem Theater in Sarajevo Becketts *Waiting for Godot* inszeniert. Er sagte, die Trilogie sei um Längen besser, Becketts Stücke seien witzig zu lesen, mehr aber auch nicht, auf der Bühne seien sie langweilig, prätentiös und mit ach so viel Bedeutung und Weltende befrachtet, und solange man die bestehende Ordnung akzeptiere und die Texte nicht völlig zerlege – weg mit dem oh so symbolischen Erdhaufen und raus mit den beiden Alten aus ihren Mülltonnen –, wären sie nichts als nostalgische Dystopien und würden nie über das Ende der Welt hinausreichen, wo sie möglicherweise einen gewissen *Effekt* haben könnten. Sie musterte ihn mit ihrem schwarzen Sezierblick. »So, why have you come to this world?«, fragte sie. »To make something happen«, sagte er. »And what would that something look like?«, sagte sie. »Not like this«, sagte er, »or any kind of performance, or maybe a completely different one, more like the fall of the Soviet Union, only here.« »Here?«, sagte sie. »Yes, here.« Sie sah ihn lange und ernst an, weder kühl noch warm, eher objektiv. »I would like to talk with you«, sagte sie, »but I don't have much time.« »No«, sagte er, »I can see that; you look like you are about to leave.« »I didn't mean it like that«, sagte sie. »No«, sagte er, »but I did.«

Er war *besessen* davon, Peyton Smith anzusehen, er konnte den Blick nicht von ihr lösen, ihren Brüsten, die – egal, welches neue Kleidungsstück sie (ganz oder, hypnotisierend frivol, nur ansatzweise) verbarg – *hervortraten* und sich in noch höherem Grad, als wenn sie nackt waren, *zeigten,* und mit jedem neuen Kleidungsstück auf ganz neue Art und Weise, egal, wie stramm sie gespannt waren, blieben sie einfach nicht ruhig, sie waren in ewig beunruhigender Bewegung und riefen riefen riefen danach, befreit und gehalten zu werden, oh, die Art, wie sie plötzlich lächelte, und die Art, wie sie sich manchmal bückte und ihren Take-away-Kaffeebecher aufhob, nicht virtuos mühelos mit der Sicherheit des trainierten Performers, wie Valk, oder affenartig geschmeidig wie Dafoe, sondern ein klein bisschen wacklig und nicht in einer Bewegung, mehr einer Reihe aufeinandergestapelter Bewegungen, als die (recht füllige) bald vierzigjährige Vorstadthausfrau, die sie war, ja, sogar ihre offensichtlichen Makel (die kleine Extrafalte unterm Kinn, die ebenfalls stets in Bewegung war, aber im Gegensatz zu ihren Brüsten nicht wogte, quoll oder tanzte, sondern *bebte,* vor Lebensgenuss und zunehmendem Alter und Verfall), ihre ganz eigene Art zu scheitern, nicht als Mensch, sondern bei ihren Versuchen, mehr als bloß Mensch zu sein, wenn sie neben Willem und Valk vor der Bühnenplattform stand und jedes Mal auf beinahe dieselbe Weise *versuchte,* auch einfach wie die Gleichgültigkeit in Person dazustehen und Sprache runterzuleiern, und es ihr jedes Mal genauso hoffnungslos und erbärmlich beinahe, aber auch nur beinahe, glückte, das kam ihm so unendlich rührend menschlich, ja, liebenswert vor, und es irritierte ihn, denn über eins war er sich völlig im Klaren, es lag ausschließlich daran, dass er (hoffnungslos?)

verliebt war. Der Einzige, der – abgesehen von Valk, aber sie hatte etwas Hartes, beinah aristokratisch Reserviertes an sich, ein kühles Bewusstsein ihrer eigenen Wirkung, weswegen er im Voraus wusste, dass es unmöglich wäre, er würde es nie wagen, den Schritt zu machen und die Chance zu ergreifen, die zeigen würde, ob er wirklich eine Chance bei ihr hatte – es ernsthaft wert war, ihm seine *ganze* Aufmerksamkeit zu widmen, war Willem, er war der Schlüssel zur Zukunft.

An einem Vormittag ging er an The Garage vorbei, überquerte Canal Street und ging weiter durch Lower Manhattan und die Schatten der beiden Türme des World Trade Center nach Süden, bis er am Kai vor dem Terminal der Fähre nach Ellis Island ankam. Er sah zur Freiheitsgöttin hinüber (die wie alles andere Wirkliche im Verhältnis zur Vorstellung von ihr so erbärmlich winzig war, sie stand in der blassen Dezembersonne wie eine goldene Plastikpuppe, die irgendeine hysterische Rotznase im vorvorigen Sommer weggepfeffert oder einfach beim Aufstieg im Riesenrad drüben auf Ellis Island verloren hatte, eine abservierte World-Cup-Trophäe oder der Rumpf einer verschrotteten Apollo-Rakete, bar jeglicher Träume von anderen Welten als dieser) und dachte, dass sie auch eine Möglichkeit war. Er ging ins Terminal und verlangte ein Ticket für die Fähre, doch als er bezahlen sollte, dachte er, nein. »Sorry«, sagte er, »I can't go, it's too early.« »Should've thought of that before«, schepperte die Stimme des Mannes hinter der Glasscheibe aus dem kleinen Lautsprecher.

Er ging zurück durch den Battery Park und den Broadway entlang zum City Hall Park, wo er den Anfang der achtspurigen Rampe sah, die nach Osten zur Brooklyn Bridge anstieg. Er ging auf der Rampe weiter und über die Brücke, es windete heftig, die dicken Kabel sangen, manche tief, andere hirnzerreißend hoch, die Menschen gingen vornübergebeugt, einen Arm vor der Brust und das Gesicht aus dem Wind gedreht, und in der Ferne, auf der anderen Seite, sah er ein längliches sandfarbenes Betongebäude mit dem Schriftzug »Watchtower«, und das fühlte sich schon viel richtiger an, er war auf dem rechten Weg, doch plötzlich blieb er mitten auf der Brücke stehen. Wo willst du hin?, fragte er. Nowhere, sagte er. Er drehte sich um und blickte auf die Skyline von Manhattan zurück, wie sie da stand und darstellte und sich bemühte, dachte er, den Millionen von Postkarten und Filmszenen, Touristenfotos und artworks und sonstigen Bildern der berühmten »Manhattan Skyline« gerecht zu werden, und täglich daran scheiterte. Er ging wieder zurück auf sie zu, mit einem Mal fest davon überzeugt, wie Ramzi Yousef vor und Mohamed

Atta nach ihm, dass es hier, irgendwo hier geschehen sollte, und dass er Manhattan nie verlassen würde.

In den vielen Nächten, die folgten, fuhr er fort, immer wieder mal, in Augenblicken jäher Verzweiflung, Klaustrophobie, er bekam keine Luft!, die Zwillinge zu sabotieren und zu versuchen, ihr Spiel oder ihre Lebensform zu zerstören, indem er unvorhergesehene Bewegungen machte, sich sträubte, Fragen stellte und sie wiederholte, wieder und wieder, auf Antworten beharrte oder eines Nachts plötzlich sagte: »oh, it looks delicious!«, und nicht alle, aber doch drei der vier Stücke Sushi aß (die, wie sich herausstellte, keine wochenalten Requisiten waren, die Nacht für Nacht aufs Neue hereingetragen wurden; sie schmeckten, als kämen sie direkt von dahinten aus der Sushi-Küche (»hinten«, dachte er, was für ein »hinten«?)). Ein paarmal versuchte er, mit dem einen oder dem anderen hinauszuschlüpfen, dorthinein, wo seiner Vermutung nach die Küche sein musste (er wollte die Küche, oder was es nun war, »dahinten« sehen, es war ein Rätsel, war es wirklich nur (»nur«?) eine Küche, und wie sah sie in dem Fall aus, war auch sie ganz mit Velours ausgekleidet, selbst die Schranktüren, der Herd und der Ofen (falls es Schränke, Herd und Ofen gab), und in welcher Farbe: gelb (wie die Sonne, wie Eidotter), grün (wie der Apfel frisch vom

Baum) oder blau wie, nein, Blau war eine ungenießbare Farbe (ja, genau!), war die ganze eine Wand mit Campbell's-Suppendosen bedeckt, eine dreidimensionale Kopie oder Verwirklichung von *Two Hundred Campbell's Soup Cans* aus dem Jahr 1963, und war das also, wovon die zwei Brüder lebten und gelebt hatten, seit sie die zwei kleinen Jungen auf dem Foto in der anderen, der All*tags*küche waren: Campbell's Tomato Soup, Vegetable Soup, Beef Soup, Pepperpot Soup, Onion Soup, Beef Noodle Soup, Consommé Soup, Mushroom Soup, Cream of Asparagus Soup, Clam Chowder Soup, Green Pea Soup, Black Bean Soup, Chicken Noodle Soup, Chicken with Rice Soup, Vegetarian Vegetable Soup und zwischendurch oder an bestimmten Wochentagen Chicken Gumbo, Beef with Bacon oder Scotch Broth Soup, bestanden die beiden Zwillinge, die sich in ihren hellblauen und rosa Seidenpyjamas so präzise und selbstverständlich um ihn herum bewegten, gewissermaßen komplett aus dem Inhalt von Campbell's-Suppendosen, möglicherweise mit einem Schuss Wasser verdünnt (sie selbst rührten das Sushi nicht an und nippten noch nicht mal an ihren Sprites), oder war die Küche genauso stilbewusst kahl wie die übrigen Räume, nur sechs veloursverkleidete Flächen und ein(e Interpretation eines) Warhol, aber welcher?, vielleicht weit und breit keine Campbell's-Suppendosen, sondern bloß eine Vergrößerung von *Tunafish Disaster* aus dem Jahr 1963, mit den verschwommenen schwarzweißen Gesichtern von »Mrs. McCarthy and Mrs. Brown«, beide nichtsahnend lächelnd unter dem auch ein wenig verschwommenen Bild der undichten Thunfischdose, die sie das Leben gekostet hatte, »Did a leak kill ...«, natürlich, dachte er, selbst die vier Stücke Sushi waren nicht zufällig oder fehl am Platz, sie waren eine Art ... nicht russisches, sondern New-Yorker- oder Warhol-Roulette, bei dem eine der vier auf den vier weißen Reissockeln ruhenden Fischzungen nicht roh war, sondern ein Stück »Chunk Tuna« aus einer undichten Dose und ihn das Leben gekostet hätte, wenn ...), doch beide Male fiel die Tür vor seiner Nase zu, oder vielleicht zögerte er bloß den Bruchteil einer Sekunde – zu spät! –, als ob er trotz allem zu wohlerzogen und rücksichtsvoll wäre oder tief im Inneren wüsste, dass kein Weg vorbei- oder zurückführte und dass, wenn er wirklich mit dem einen oder dem anderen zur Tür hinausschlüpfte oder es ihm sonst wie gelänge, einen Riss in die Form der Nacht zu treiben – was er natürlich, wenn er wirklich wollte, ohne Weiteres hätte tun können: mit in die mutmaßliche Küche hinausschlüpfen, sich weigern, im elektrischen Stuhl Platz zu nehmen, oder einfach die Zähne in die Hand oder Wange des einen oder des anderen schlagen, sie blutig beißen und damit sein Mal hinterlassen, die Wunde und spätere Narbe, die den einen Bruder für immer von dem anderen unterscheiden sollte –, es nicht bei einem Riss bliebe, nein, alles würde zerbersten, schmelzen, seine Form verlieren und zerfallen und den beliebigen, formlosen Schrecken (the horror! the horror!) der Banalität entlarven, den alle drei, darin stimmten sie, ohne es auszusprechen, überein, hinter sich gelassen hatten, auf der Suche nach einer völlig anderen *Form* von Leben, welcher?

Im nächsten Augenblick gab er es auf, dagegen anzukämpfen, und ließ sich wieder treiben in dem unbekümmerten Strom, den das Leben in der präzisen und sublimen Form der Räume, des Lichts, der Bewegungsmuster hatte, und alles bekam wieder seine still zunehmende Bedeutung und schien so selbstverständlich und schicksalsschwanger *notwendig,* dass ihm Zweifel kamen, ob das, was in der ersten Nacht geschehen war, alles, was sie gesagt und getan hatten, wirklich schon längst festgelegt gewesen und etwas, in das er einfach nichtsahnend eingetreten war, im Glauben, es sei (das) Leben – sich gegenseitig bemühendes menschliches Miteinander –, oder ob nicht auch die zwei Zwillinge letztlich improvisiert hatten, sich vom Jetzt und der Begegnung mit just ihm, ihrem Nächsten, hatten verführen lassen. Er wünschte, es wäre so, und wusste, es war unmöglich. Was? Die Liebe.

An einem Abend in der Lücke der Ungewissheit, die sich wie eine nässende Wunde zwischen den täglichen Proben und der Nacht in der Wohnung auftat, gelang es ihm zum ersten Mal seit seiner Ankunft in New York (die ihm plötzlich ein *Menschenalter* her zu sein schien), sich zu verlieren und in den Straßen zu verirren, als wäre die Geografie von Manhattan kein banales »grid«, sondern ein Labyrinth, plötzlich hatte er keine Ahnung, wo in aller Welt er war, er fror, fühlte sich elend, einsam und verloren wie ein Obdachloser oder ein Sünder und ging in die erstbeste Bar, in der Hoffnung auf Vergebung oder um sich wenigstens aufzuwärmen. Er drängte sich durch die dicht gepackte, aufgekratzte oder verzweifelte Menge zur Bar, und erst als die Bartenderin sich ihm zudrehte und er ihr blondes Haar und ihre blauen Augen sah, die vollen Wangen und die Westernbrüste unter dem stramm sitzenden Rollkragenpullover, der heute Abend nicht blassgelb war, sondern knall- oder eher wüstenstaubrot, wie der Sand in Arizona oder der Sierra Nevada, wurde ihm klar, dass er hier war, wohin es ihn am Abend nach seiner Ankunft in der Stadt verschlagen hatte, ohne es zu beabsichtigen, war er zurückgekommen, er wollte sich bedanken oder sie segnen oder zumindest ein draught beer bestellen, doch ehe er die Hand heben konnte, hatte sie schon »hi!« gesagt und ein Heineken vor ihm auf den Tresen geknallt und gerufen: »Paul, you seen who's here!«, und der Typ aus *Mad About You,* der heute etwas weiter weg (warum denn bloß?) an der Bar stand, lehnte sich vor und sah beschwipst zu ihm rüber, »oh, Willem!«, rief er und drehte sich der Menge von downtown bankers und credit default swap traders und managers und Schauspielern und Anwälten und Upper East Side shrinks zu und rief »hey, everyone, Willem's with us tonight!«, und alle, die am nächsten standen und die hinter ihnen, brachen in Jubel oder Lachen aus, und Paul aus *Mad About You* lehnte sich noch einmal über den schimmernden Kupfertresen und kniff die Augen zusammen und rief »hey, savior, what are you … oh, Heineken!«, und gab den Mädels hinter der Bar einen Wink, »Heineken for everyone.« Und wie Tänzerinnen in einem Broadway-Musical oder Jüdinnen im Tempel knallten die Bartenderinnen Heinekens auf den Tresen, und die, die am nächsten standen, reichten sie den Nächsten weiter, die ihre Flaschen oder Gläser hoben und über die Schultern der wieder Nächsten mit denen dahinter anstießen, oder quetschten sich an ihnen vorbei durch die Menge bis ganz zu ihm und stießen mit ihm an und schoben die Ärmel ihrer Armani- oder Cerruti-Sakkos oder Paul-Smith- oder Bill-Blass- oder Christian-Dior-Hemden bis zum Ellbogen hoch und reichten ihm einen Füller, und er schrieb sein Autogramm auf die Innenseite ihrer behaarten Unterarme, einen nagelneuen Hundertdollarschein, einen leeren Tag (den einzigen) in einem time manager für das Jahr 1994, over the headline der Titelseite der aktuellen *New York Times* (»The Menendez brothers arrested in their apartment in …«) oder einfach auf einen der Bierdeckel, auf die ihr Heineken geknallt worden war, ehe er diskret und ohne ein Wort gesagt zu haben austrank, lächelte melancholisch oder diabolisch dem Mädchen mit dem wüstenstaubroten Rolli zu, das hinter dem Tresen stand und ihm in die Augen sah und mit perfektem Timing eine Marlboro anzündete, inhalierte und den Rauch ausblies und sich durch den Rauch über den Tresen beugte und ihm die Zigarette zwischen die Lippen steckte und sie mit ihren warmen Fingerspitzen streifte, die nach almond cream soap dufteten, »see you, guys«, sagte er und zwängte sich durch die Menge zum Ausgang und hörte sie »see you, Willem« oder »see you, Jesus« oder einen sogar »say hi to Liz, will you« rufen, und er dachte, von jetzt an werde er jeden Abend wiederkommen, ihr Durchgangsraum zwischen der Bank, dem Büro, der Bühne oder der Praxis und dem Penthouse an der Upper East Side oder am Riverside Drive sollte auch der Raum sein, der die Ungewissheit ausfüllte, die sich bisher in ihm aufgetan hatte, und er dachte, dass alle diese Menschen oder vielmehr bankers, credit default swap traders, currency traders, future assets traders und managers bald sterben würden, und ihn erfüllte eine leise knisternde Trauer, dabei war es eigentlich weder trist noch tragisch, er war der Einzige, der es wusste, für sie würde es nur ein kurzes Aufflackern sein, der Sturz eines endlos gedehnten Augenblicks ins Leere, die Verwirklichung des amerikanischen Traums von der ultimativen Freiheit und die nahezu lautlose Implosion der physischen Welt in die Wolke der umgekehrten Schöpfung hinab, und er fragte sich, ob sie wirklich wussten, dass er ihr untreu war oder es früher oder später sein und sie verlassen würde (und nicht für eine Heilige, wenn schon nicht für ein kleines Luder, dann wenigstens ein etwas jüngeres Hollywood-Starlet, schwarzhaarig natürlich, italienisch, wie aus einem *Godfather IV*), verdammt noch mal, dachte er, Liz ist so viel älter, zehn Jahre mindestens, es hätte eh nicht gehalten.

Am nächsten Abend, als die Proben oder schlicht das Leben, »the show«, vorbei waren, ging er wie gewöhnlich in The Gourmet Garage und kaufte das letzte Sandwich des Tages, ein Portobello-Mushroom-

Sandwich, wie sich herausstellte, genau wie jenes, das er am ersten Abend in New York bekommen hatte, das konnte unmöglich ein Zufall sein, und als er mit dem schon angebissenen und wunderbar – fast wie ein (Peytons) Geschlecht – schleimigweichen Mushroom-Sandwich in der Hand loszog, war es nicht wie gewöhnlich aufs Geratewohl, sondern gezielt nach Norden in Richtung der Bar. Und erst, als er schon längst das Sandwich gegessen und die fettige Plastikfolie zusammengeknüllt auf einen feuchten, stinkend zusammengesunkenen Haufen schwarzer Tüten im Rinnstein geworfen hatte und die Bar gleich um die Ecke sein musste, wurde ihm klar, dass er nicht wusste, wo sie lag. Er blieb stehen. Bisher war er seiner sicheren Intuition gefolgt, wie ein Pilger auf der Wanderung nach Mekka. Jetzt hatte er plötzlich keine Ahnung, in welche Richtung er weitergehen sollte. Anders als am Abend zuvor war er nicht einfach irgendwo. Er stand vor einem Burger King an der Nordostecke von West 36th Street und Seventh Avenue, Manhattan war kein Labyrinth, sondern ein »grid«, er wusste exakt, wo er war, und konnte sich nie wieder verirren. Seine einzige Chance, die Bar zu finden, war, die Stadt systematisch durchzugehen, von der First (oder Third) Avenue zur Eleventh und von der 59th (weiter oben konnte er gestern unmöglich gewesen sein) zur 1st oder notfalls zur Canal Street. Aber wie *genau?* Er versuchte, sich ein System auszudenken, das einfachste, allumfassende Bewegungsmuster. Ihm wurde schwindlig, die Zeit verging, der Abend, das Leben, er kam nicht vom Fleck, er stand immer noch vor demselben Burger King an der Nordostecke von West 36th Street und Seventh Avenue. Plötzlich ging er einfach los, aufs Geratewohl, dachte er, aber das war leichter gedacht als getan, es war unmöglich, er war sich permanent schmerzhaft bewusst, wo genau er war, und je schneller er ging, umso schneller schien auch die Zeit zu vergehen, und anstatt sich der Bar zu nähern, näherte er sich Mitternacht. Zwei Minuten nach elf stand er unten vor dem schmalen, blassroten dreistöckigen Haus in der East 9th Street und sah zu den Fenstern von Peyton Smiths Wohnung hoch. Er sah Licht, kein elektrisches, der lebendige, unruhige, körperwärmegleich weiche Schimmer der Kerzen wogte wie Wasser in einer Wanne über die durchscheinenden rohweißen Laken, die vor den länglichen Scheiben hingen. In dem Moment ging die Haustür auf und eine junge schwarze Frau blieb auf der Schwelle stehen und zog einen langen, perlmuttschimmernden Schal aus der Tasche, »hi!«, sagte er und ging an ihr vorbei und die Treppe hoch, als wäre er hier zu Hause, dachte er, »zu Hause«. Er klopfte nicht an, öffnete einfach die Tür, beinahe lautlos, als wollte er sie überraschen, dachte er, und trat ein. Sie lag nicht in der Badewanne, warum sollte sie auch, sie wusste ja nicht, dass er gerade jetzt zufällig hereinkommen würde, sie lag im Himmelbett, das in Verlängerung der Wanne an der Wand stand, an der einen Längsseite war der Vorhang aufgezogen, er sah in einen Alkoven, in das vorige oder vorvorige Jahrhundert oder Jahrtausend, ihr selbst im Bett gleichsam fließendes weißes Fleisch, und obenauf, hineingesunken und beinahe davon verschluckt, ein Mann mittleren Alters, nackt, fast kahl, aber mit einem langen Kamm schweißglänzender schwarzer Haare den Rücken hinunter. Der Mann atmete schwer, als ob er am Sterben wäre, wer war das nicht, er konnte sein Gesicht nicht sehen, aber ihres, sie sah ihn mit leuchtenden Augen an, ihr Mund öffnete sich, »no«, schrie sie, »noooo!«

In jähen Blitzen während der Nacht – wenn sie ihn in ihre Arme nahmen und aus dem elektrischen Stuhl hoben, wenn sie ihn die Wendeltreppe hochtrugen, wenn sie ihn auf den leuchtenden, weichen Velours unter dem Nachthimmel legten und in ihn eindrangen, wenn der eine oder der andere ihm das Sushitablett hinhielt und ihm in die Augen sah – zerschnitt ihn eine abgrundtiefe Einsamkeit, es war unerträglich, er musste es mit jemandem teilen, aber wem, nicht mit seinem besten Freund oder der hingebungsvollsten, selbstaufopferndsten (Peyton), oder der weisesten (Sontag?) oder der toughesten, elektrischsten (Liz) oder der Frau, die ihn geboren hatte, seiner Mutter, falls er eine gehabt hätte, natürlich hatte er, nicht einmal mit Gott konnte er reden, es gab einzig: die beiden. Mit denen er nicht, niemals, würde darüber reden oder überhaupt nur mit ihnen reden können, obwohl er Nacht für Nacht mit ihnen redete. In diesen Augenblicken lähmender Einsamkeit war ihm, als bekäme er keine Luft (nicht ihre spindeldürren Albinofinger würden sich am Ende um seinen Hals legen und das Leben aus ihm herauspressen, sondern die Einsamkeit), und er sah sie an und dachte, es sei nicht gerecht, dass er als Einziger so allein sein sollte, die beiden hatten wenigstens einander. Doch warum glaubte er das? Vielleicht redeten auch sie nie miteinander, darüber oder über irgendetwas anderes, vielleicht war ihr Leben in Wirklichkeit eine viel größere, gewaltigere, heißer brennende Hölle als seines …

Die einzige Tageszeit, zu der er sich nicht so fürchterlich einsam fühlte, war der Morgen. Dort, am Küchentisch in der Wintersonne, die durch die Scheiben schien, der noch leicht dampfende Kaffee und eigentlich widerliche, aber wunderbar vertraute süßlichfette Geruch von French Toast, das Glas Orangensaft und schräg rechts dahinter die Flasche

Heinz' Tomato Ketchup, alles war wie immer, und er wünschte, es möge nie enden. Den Rest des Tages und in den Nächten war er von mehr oder weniger wildfremden Menschen umgeben, die ihn entweder übersahen oder im Gegenteil etwas von ihm *wollten,* das er entweder nicht ganz oder sofort als hoffnungslos banal, menschlich und vor allem typisch amerikanisch durchschaute. Nur hier, am Tisch in der Küche, die gar nicht seine war und doch mehr seine als alles andere, war er allein, ungesehen und doch nicht übersehen, keiner wollte etwas von ihm, und dennoch fühlte er sich aufgehoben: ob er es verdient hatte oder nicht, jemand, die zwei Brüder, wer sonst, meinte es gut mit ihm, obwohl sie bestimmt sehr beschäftigt waren (womit? – daran wagte er nicht zu denken, das war der Abgrund, in den er noch nicht, nein, nie, nie hinabsehen würde), hatten sie *sich die Zeit genommen,* die Brottüte hervorzuholen oder jedenfalls eine extra Scheibe rauszufischen, sie in die Pfanne zu legen, ein Ei aufzuschlagen, ein bisschen Milch, Salz, vielleicht Pfeffer, alles zu verrühren und vielleicht erst jetzt die weiche, bleiche Weizenbrotscheibe in die schleimige Masse zu legen und sich mit ihr vollsaugen zu lassen und ein paar Minuten anzubraten und währenddessen Kaffee einzuschenken, Orangensaft ins Glas zu füllen, das nur leicht angebrannte Toastbrot ein Mal zu wenden und danach auf den Teller zu legen und das Ganze auf den Tisch zu stellen, und zwar nicht irgendwohin, sondern genau hierhin an »seinen Platz« in der Sonne. Er seufzte selig, nahm Gabel und Messer und fing an zu essen. Und während er aß, sah er wie gewöhnlich scheinbar abwesend, doch in Wirklichkeit mit vollkommenster Gegenwärtigkeit (der des Alltags) auf die Fotografie der zwei kleinen Jungen und ihrer Eltern, die kleine Familie. Er wurde nie müde, es zu betrachten, es war wie eine andere Welt in der Welt, die sich ihm täglich erschloss und noch ein kleines Detail preisgab, das er vorher noch nie gesehen hatte: den Haarzipfel, der im Bogen hinter dem linken Jochbein der Mutter hervorstand, zum Beispiel, die verblüffend kräftige Nase in dem sonst so schmalen Gesicht, die unendlich sanften Lider, die fast ganz geschlossen waren, weil sie schräg auf den Jungen hinuntersah, den sie an der Hand hielt oder genauer gesagt am Handschuh, denn im Gegensatz zum Jungen, dessen vier kleine Finger zwischen ihrem Daumen und Zeigefinger hervorlugten, trug sie einen – sicher recht teuren, ein Geschenk des Vaters, dachte er – schwarzen (oder jedenfalls dunklen, vielleicht war er in Wirklichkeit dunkellila oder, warum nicht, lavendelfarben!) Handschuh an jeder Hand, aus Leder, ohne Zweifel Kalbsleder, mit unzähligen weichen Falten, das, anstatt sich an ihre Hand zu schmiegen, den Anschein erweckte, der Handschuh wäre leer, als steckte nichts oder niemand darin. Sie war einerseits nur ein Zeichen der Zeit, ein Stereotyp – die in den Nylonstrümpfen wie angegossen glatt glänzenden Beine, die übergangslos in einem Paar hochhackiger Schuhe verschwanden, deren dunkle Spitzen in zwei weißen Blitzen den Schnee der Vorstadtstraße unter ihnen spiegelten, die perfekt verwuschelte Anfang-60er-Jahre-Frisur, unter der Trockenhaube geformt und just wie eine Haube auf den Kopf der Anziehpuppe gestülpt und mit zwei unsichtbar umgeklappten weißen Laschen befestigt, und zugleich so menschlich, voller winzig kleiner Fehler, die zum Leben gehören: der Hals, an dem sich, fast unter dem weißen Lammwollkragen ihres Mantels verborgen, auch wenn sie jung ist, bestimmt erst fünf-, sechsundzwanzig, schon feine Altersfalten zeigen, und auf der anderen Seite, rechts von den Jungen, der Vater, groß, stolz in der Rolle als moderner Versorger, in einem offenstehenden, zeittypischen hellen »duffle coat« mit den für Dufflecoats typischen, an kräftigen Baumwollbändeln baumelnden kleinen, lackierten Holzknebeln, bereit, durch die kleinen Schlingen auf der anderen Seite der Mantelöffnung geschoben zu werden, und in der Öffnung ein schwarzer Wollschal, nicht bloß geschlungen, sondern säuberlich gebunden, als wäre er eine Krawatte, dunkle Hosen mit Bügelfalten und spitze schwarze Lackschuhe, deren Ledersohlen sicher besser dazu taugen, auf das Gaspedal des Saab schräg hinter ihm zu treten, als über die glatte Vorstadtstraße zu gehen. Auch er, der Vater, ist nur ein Typ seiner Zeit und zugleich so allzu menschlich verletzlich, der schlaksige Körper, die schon viel zu hohen Schläfen, die abstehenden Ohren, die Art, in der seine rechte Hand auf den ersten Blick elegant, aber bei näherem Hinsehen ein wenig linkisch, als Zeichen großer innerer Unruhe und Zerbrechlichkeit, in der viereckigen Manteltasche steckt, und die nackte linke Hand, die sanft die hochgestreckte winzige Hand des anderen Jungen umschließt.

Aus irgendeinem Grund (es gibt keinen) kehrt er immer wieder in The Garage zurück, jedoch nicht mehr aus Berufung, eher wie Jesus, der Tag für Tag sein Kreuz den steinigen Hügel hinaufträgt in der Hoffnung (ohne Hoffnung), eines schönen Tages möge jemand auf ihn zeigen und es aufrichten und ihn darannageln, oder vielleicht bloß wie jeder andere Amerikaner: frei, jeden Morgen aufzustehen und durch die Stadt zu gehen, um zur Fabrik, zur Bank, zur Bühne zu gelangen and do his job. Das Leben, »the show«, in der Garage *interessiert* ihn nach wie vor, dank seines raffinierten Gewebes aus Gleichgültigkeiten ist es noch rätselhaft, unerschöpflich wie ein Fraktal, aber es *fesselt* ihn nie, auch nicht einen Augenblick vergisst er sich selbst. Und genau *das* ist wohl der Sinn der Sache, Liz' Pointe: die größtmögliche Aufmerksamkeit noch für das geringste, unbedeutendste Detail, jede Bewegung, jedes Geräusch, jeden Satz … dass alle Dinge der Welt gleich gültig sind. In den Nächten dagegen, in der Wohnung, wenn er sich einfach hingibt und nicht Widerstand zu leisten oder *sich zu behaupten* versucht, fesselt es ihn, was *es* auch immer sei, es wird nicht nur immer sinnvoller, es ist kurz davor, *vollkommenen* Sinn zu ergeben. Welchen? Kann er nicht sagen. Nur spüren. In seinem Fleisch. Im wiederholten Aufsprengen von Adern, Häuten und Gewebe. Vollkommener Sinn. Oder fast. Denn immer ist da ein Detail, ein *sinnloses* Detail, das – ohne bedrohlich zu sein, in all seiner infantilen Unschuld – der Vollkommenheit im Weg steht: die Spriteflaschen zum Beispiel: Sie hätten Coca-Cola sein sollen, ganz klar. Aber es war Sprite. Jede Nacht: Sprite. Da half kein Protestieren, Sich-Sträuben, Die-Augen-Schließen oder Ver*leugnen.* Er musste es akzeptieren. Er akzeptierte es. Und plötzlich begriff er, dass die Spriteflaschen unentbehrlich waren, ohne die Spriteflaschen wäre alles verkehrt: die Spriteflaschen waren der kleine Fehler, die Öffnung hin zu einem Anderen, das jeder Logik, jedem erdenklichen System, jedem Modell der Welt und des Kosmos und ihrem Gegensatz innewohnt: dem Atom, dem unteilbaren kleinsten Teil, und der Theorie des fehlenden Teilchens, dem »Gottesteilchen«, und der unendlichen Zahl von Paralleluniversen usw., und er verstand, dass nicht unbedingt der »tote Winkel« (der Ort, an dem du stehst) das Problem ist oder die Anwesenheit eines Subjekts (ja, du, *du* und *ich*), wie Bohr glaubte, und auch nicht die Sprache, die immer zwischen den Menschen und ihrer Umwelt stehen wird, von der sich die Menschen, solange es Sprache gibt, nie ganz einig sein werden, ob sie wirklich existiert oder bloß eine Folge der Sprache ist, der Fehler ist ein unbedeutendes, irritierendes und an und für sich völlig *idiotisches* kleines Detail, das alles verdirbt. Doch nur scheinbar, denn in Wirklichkeit oder *in Wahrheit*, dachte er, ist es jener kleine Fehler im System oder der Welt oder der Ordnung, der das Ganze zusammenhält und die Vollkommenheit verhindert, welche aller Dinge Ende und Verschwinden bedeuten würde. Dachte er. Und nahm eine der drei smaragdgrün leuchtenden Flaschen, die mit dem schwarzen Strohhalm. Und trank. Denn er hatte tatsächlich Durst.

Eines Spätvormittags, als er sich wie gewöhnlich an einen zufälligen Platz auf der Tribüne setzt und das Leben oder was ihm ähnelt, »the show«, betrachtet, hat er doch offenbar nichts *gesehen.* Wie lange? Stunden? Nur einen Augenblick? Plötzlich ist die Passage zwischen Bühnenplattform und erster Reihe, in der Webster, Valk, Peyton und in gewissen messianischen Augenblicken sogar Willem zu stehen pflegen, leer, verlassen, ein klaffender Riss im Kosmos. Selbst die zwei diskreten »volunteers« ein paar Reihen unter ihm sind aufgestanden, wohl um Kaffee oder today's soup zu holen, oder, warum nicht, denkt er, auch sie müssen zwischendurch wohl mal auf die Toilette, und Liz LeCompte sitzt alleine auf der Tribüne, mickrig, elektrisch (wie ein Grashüpfer). Plötzlich dreht sie sich zu ihm um, als hätte sie, seit er am ersten Vormittag in The Garage die Treppe hochgekommen ist, die ganze Zeit, rund um die Uhr, genau gewusst, wo er war, »okay«, sagt sie, »now is your time.« Er wartet einen Augenblick, dann steht er auf und steigt die Tribüne hinunter in die Passage zwischen der ersten Reihe und der Plattform (die gar nicht so utopisch leer ist, wie er dachte, sondern voller Kabel und Scheinwerfer mit schwarzen Klappen, die scheppern und ihm ins Schienbein schneiden, als er gegen einen von ihnen stößt) und stellt sich mehr oder weniger zufällig exakt dorthin, wo Willem jetzt nicht mehr steht. Sie sieht ihn lange an. Dann schüttelt sie den Kopf. »No«, sagt sie, »try further back.« »Where?«, sagt er. »I don't know, somewhere back there«, sagt sie und wedelt undefiniert mit der Hand, »behind the thing, maybe.« Er geht rechts um die Plattform herum und stellt sich ganz hinten in den Übergang zwischen Scheinwerferlicht und Dunkel vor der Rückwand. Er sieht zu ihr hoch, doch sie sagt nichts mehr. Sie sieht weiter zu ihm herunter, aber er weiß nicht, ob sie überhaupt noch etwas *sieht.*

Plötzlich bemerkt er ein Detail, und er begreift nicht, wie er es bis jetzt hat übersehen können: in der Frostluft zwischen den zwei kleinen Jungen, auf Höhe ihrer Gesichter: was ist das, ein Schneeball, eine rotierende Kugel aus Eis mit einem Schwanz aus Funken und zentrifugierenden Flocken, ein drittes, wirbelndes Gesicht zwischen ihren zwei runden Kindergesichtern? Und plötzlich springt es ihn an, dass die zwei Jungen Gesichter haben, Pausbacken, je zwei Zähnchen in ihren kleinen lächelnden Mündern, aber keine Augen, nur zwei schmale schwarze Schlitze, ohne Blick.

Er hält den Atem an. Horcht. Dann dreht er sich jäh um. Hinter ihm steht keiner. Die Küche ist leer. Alles ist wie immer: Der Pfannengriff ragt aus dem Spülbecken, ganz hinten neben der Tür zum Treppenhaus steht sein Rucksack und darauf, säuberlich zusammengelegt wie immer, die rote Lederjacke, an der Tür das Zettelchen, das abzuhängen sich scheint's keiner hat aufraffen können, obwohl allen längst klar ist, was auf ihm steht, »Don't forget: *Tonight 12 pm*«. Rechts die Tür, durch die er gerade eben, wie an jedem anderen Morgen, die Küche betreten hat. Und gegenüber: die dritte Tür. Die Tür, die er noch nicht geöffnet hat. Warum nicht? Warum? Es geht ihn nichts an. Was? *Es.* Was immer es auch ist. Das da drinnen hinter der Tür. Das ist privat. Was soll das heißen? Das Allerbanalste, Gleichgültigste, das, was allen gemein ist, was immer es auch sei: Durcheinander und stickige Luft, achtlos fallen gelassene Kleider (eine halb auf links gekrempelte hellblaue Pyjamahose), eine zerknüllte Bettdecke (oder zwei), süßlichsaurer Schlafgeruch, ein im Traum leicht zerdrücktes fleckiges Kissen, was ist das, Speichel? Sperma? Was geht's ihn an.

Von Zeit zu Zeit taucht in The Garage jemand auf, den er kennt, der ihn aber nicht kennt, Menschen, die er in Wirklichkeit nie gesehen hat, die aber trotzdem eine gewisse Bedeutung haben, wenn nicht für ihn, so doch für die Welt oder *die Zeit.* Eines Vormittags steht plötzlich Lou Reed im Büro und redet mit einem der »associates«, Jeff Webster oder vielleicht Dave Shelley, an einem anderen Tag ist es der Schriftsteller Paul Auster, der mit niemandem redet, sondern nur als sein eigener silberner Wiedergänger dasteht und in einem Magazin blättert, wie er selbst es am Morgen des ersten oder zweiten Tages gemacht hatte. Eines Abends sitzt Laurie Anderson auf der Tribüne und betrachtet die »show« wie eine andere ältere Frau, Susan Sontag, ein paar Abende oder Wochen zuvor. Und an einem Nachmittag läuft erst John Lurie – den er natürlich gehört, aber auch gesehen hat, in dem typischen New-York-Film *Stranger than Paradise,* wie alle diese Menschen oder Figuren, die eher bloß Zeichen sind, Zeichen einer Zeit; der Film hat, soweit er sich erinnert, weder eine richtige Handlung noch war er sonst etwas Besonderes, aber dennoch hinterließ er eine Stimmung von etwas Schwarz-Weißem, eine Tristesse, ein paar kleine, fast kahle Zimmer in einer Wohnung, die wo auch immer sein könnte, aber nichtsdestoweniger nur hier, in New York, Menschen, die einfach rumliefen oder auf einem Sofa saßen in einer Zeit, die vorbei war oder eher noch einfach nie beginnen würde – und kurz, vielleicht nur zehn Minuten oder eine Woche später, David Byrne, der Leadsänger der Talking Heads, der – ihm ist, als wär's erst einen Augenblick her – wenige Monate vor dem Fall der Mauer und dem Verschwinden der Sowjetunion ein Album mit dem Titel *Stop Making Sense* aufgenommen und in einem viel, mindestens zehn, vielleicht zwanzig

Nummern zu großen Jackett eine Welttournee gemacht hatte, durch das gleichsam private Halbdunkel unter der Tribüne. Hier, zwischen Umzugskartons voller Gummischürzen, Kabeln und ausrangierten Leuchten ist er, der nur einen Augenblick zuvor der Blick *der Zeit* auf sich selbst war *(I've got a girlfriend who's better than that / and no one is better than this),* plötzlich nur ein schon leicht angegrauter Mann in mittleren Jahren mit künstler-*ischem* Pferdeschwanz in einem verschossenen, aber ziemlich gut sitzenden Jackett. Und er denkt, dass jetzt kein Zweifel mehr herrscht, er braucht weder etwas zu tun noch etwas zu sagen, allein schon, dass er hierhergekommen ist, seine bloße Anwesenheit, dass er unter ihnen weilt und sie sieht, ist genug, mehr bedarf es nicht, keinen entscheidenden Augenblick, keine Tür der *Geschichte,* die sich plötzlich öffnen soll, keine erlösende Performance, das Ganze, die Menschen, die Stadt, dieses neue Imperium, Amerika, löst sich nach und nach ganz von allein in Nichts auf.

Und dann: eine dunkle Dezembernacht, er hat wie gewöhnlich seinen Platz im elektrischen Stuhl eingenommen, sie haben sich gebückt und die Tabletts auf den lavendelfarbenen Velours gestellt, sind drei Schritte näher getreten und haben je ihren Lederriemen um seine Handgelenke gezurrt, danach die zwei Fußriemen und zuletzt, gemeinsam, den breiten Gürtel, der dazu dient, seinen Oberkörper am Stuhlrücken zu fixieren. Sie treten drei Schritte zurück und schauen ihn an. »Are you ready!«, rufen sie. Und da, plötzlich, packt ihn die Furcht. Und dann sagt er das Unsagbare: »This is our last night together. I'm leaving you. You'll never see me again.« Stille. Sie schauen ihn an. Er sieht ihnen in die Augen, und er sieht nichts. Keine Trauer, keine Reue, keine Angst vor der Einsamkeit, vor dem Tod, vor dem Verlassenwerden. Sie reagieren einfach nicht. Natürlich. Wie sollten sie's auch können? Und warum? Sie machen ja nur genau das, was sie eben machen und immer schon, jedenfalls die ganze Zeit, seit er sie kennt, gemacht haben. Sie können nichts anderes. Natürlich können sie. Sie sind schließlich Menschen, wie er, fähig, die rührendsten und grausamsten Dinge zu tun, sie sind doch verdammt noch mal keine Roboter, denkt er, oder Androiden. Aber warum eigentlich nicht? Der lavendelfarbene Raum und der Stuhl, in dem er sitzt, schweben ja nicht im leeren Raum, sie befinden sich im sechsten Stock eines Gebäudes in Manhattan, New York City, der Stadt, in der, wie's scheint, die Anfangsszene von *Blade Runner* gedreht wurde, die alleralltäglichste, ganz down to earth, in Chinatown, nur ein paar Hundert Meter östlich von The Garage, mit dem von Willem so vergötterten Harrison Ford in der Rolle als *der Mensch,* der wie jeder Beliebige im Regen auf einem Treppenabsatz vor einem erleuchteten Fenster (voller seltsam altmodischer Fernsehapparate und mutierter Schriftzeichen aus pink- und türkisfarbenen Neonröhren) sitzt und die Tageszeitung liest, während er darauf wartet, bis er an der Reihe ist, am Tresen unter dem Baldachin der chinesischen Straßenküche Platz zu nehmen und die tägliche Portion Nudeln zu essen, die seine letzte sein wird, bevor jemand ihm die Hand auf die Schulter legt und ihn zurück in den Dienst als Erlöser ruft, der authentische Mensch, der mit seiner altmodischen Arzttasche vollgestopft mit Pupillenobservatorium und ausgeklügelten Fragen nach Kindheitserinnerungen, Geschenken und Insekten die verschwindend kleine menschliche Lücke aufdecken soll, den Makel, der ihn – im Namen der Menschheit – befähigt, das Original von der Kopie zu unterscheiden, und die Kopien zu verurteilen, sie zu töten. In dem Moment wird *Car Crash* an der Stirnwand zwischen den zwei Brüdern von einem heftig blendenden Blitz verzehrt, und das Bild seines eigenen Gesichts im Augenblick des Todes erscheint. Und dann ist es weg. Langsam kehrt er zurück aus dem Nichts, sie lösen die Riemen, nehmen ihn in ihre schmächtigen, sehnigen Albinoarme und tragen ihn die Wendeltreppe hoch in den weißen Velours des

Himmelsraums und legen ihn behutsam (liebevoll? automatisch? mit klinischer Präzision?) hin und öffnen ihre Seidenpyjamas und entblößen ihre Glieder, leuchtend blass wie Aliens ohne Augen, nackte, glänzende Schädel, gespalten in winzig kleine, lachende Kindermünder, und dringen in ihn ein, füllen und vollenden ihn, und er weiß, es ist nicht von Belang, ob sie Menschen sind oder nicht, ganz einerlei, nie wird er sie entlarven – keine Frage nach Kindheitserinnerungen, kein überrumpelndes Bibelzitat, kein alles durchdringender Blick in ihre bodenlos dunklen Pupillen könnte etwas erkennen.

Und doch, denkt er, als sie sich aus ihm herausgezogen und ihn alleine gelassen haben in dem gleichsam selbstleuchtenden Dunkel unter dem Himmel aus kastenförmigen Wolken, die langsam über die Geschichte hinziehen, eine Art gibt es, eine einzige, wie er den Fluch und ihre Gewaltherrschaft über ihn brechen könnte: indem er sie überträfe, indem er nicht bloß wie sie jede Nacht *exakt* dasselbe täte und sagte, sondern es mit noch unmenschlicherer Präzision täte und sagte. Dann, denkt er, indem er sie in einer schönen oder grausamen Nacht in der perversen Kunst der Wiederholung überträfe, würde er nicht das Unmenschliche, den Androiden, die Kopie in ihnen bloßlegen, sondern im Gegenteil, das

Allzumenschliche in ihnen erlösen. Und mit einem Schlag wären sie in seiner Gewalt, und er würde sie freigeben und sie verlassen können.

In den nächsten vielen Nächten versucht er noch einmal, bis in die kleinste Bewegung und Tonfallnuance, seine *performance* der ersten, vollkommenen Nacht zu rekonstruieren. Er weiß längst, was die zwei Brüder exakt gesagt und getan haben, er sieht es sie ja Nacht für Nacht wiederholen, doch was er selbst seinerzeit gesagt und getan hat, bleibt für ihn seltsam vage, wer, wenn nicht *er* sollte wissen, was zum Teufel er macht und gemacht hat, aber er weiß es nicht, er hat's anscheinend einfach gemacht, ohne darüber nachzudenken, ohne es zu bemerken, und nun ist es geschehen, und je mehr er sich anstrengt, je intensiver er versucht, sich ihm zu nähern, desto mehr entweicht, verliert es sich, verwischt, löst sich auf, es ist für immer verloren, und kein Madeleine-Törtchen, kein dampfender Tee und kein erlösender Strohhalmschluck Sprite wird es jemals wiederbringen.

Doch dann, eines Abends gegen Mitternacht, als er wie so oft und wie immer ohne zu wissen, warum, zu The Strand gegangen ist und in einem Exemplar von *The Andy Warhol Diaries* blättert, das eigentlich akkurat dem Exemplar gleicht, das er in der Tasche auf seinem Rücken trägt, ihm aber einfach weniger zerlesen vorkommt, als sein eigenes es war, als er es kaufte, worauf er überlegt, ob er versuchen soll, seines auszutauschen – doch das will er nicht, persönliche Notizen hat er sich keine gemacht, aber er hat darin auf eine sehr persönliche Art und Weise gelesen, die ihn irritiert, wie alles, was persönlich ist und auf etwas Einzigartiges, Unersetzliches, Singuläres zurückzuverweisen scheint – oder schlicht dieses weniger ramponierte Exemplar zu kaufen *und* das andere zu behalten, sodass er zwei hat, aber was soll er mit zwei?, fällt sein Blick auf ein kleines, klassisches, diskretes Buch ohne Glitzer oder Glimmer oder jegliche Art von Bild oder auch nur Ornament auf dem Umschlag, nur der Titel *Supreme Poverty,* Erhabene oder Höchste Armut. Er legt *The Andy Warhol Diaries* weg, nimmt das kleine Buch und blättert ein bisschen darin. Es ist in einer der alten europäischen Hauptsprachen verfasst und handelt von den europäischen Mönchsorden und dem Klosterleben seit den frühesten Anfängen einer Art Mission oder Berufung oder Bestimmung bei Paulus bis zu Franziskus und dem mittelalterlichen Minoriten-Orden, aber nicht auf die übliche sentimentale Tour, die den Heiligen Franziskus zum archetypischen Idealisten macht, der sich demütigt und erniedrigt vor der Welt, also uns, die voller egoistischer, gieriger Schweine ist, also uns; es ist ein nüchterner, systematischer Versuch aufzuzeigen, in welch hohem Grad und bis in welches kleinste Detail jene Mönchsorden in ihrem Klosterleben versucht und es auch geschafft hatten, ihre Tage, Nächte, Worte und Bewegungen und mit der Zeit sogar ihre Gedanken zu formalisieren und zu ritualisieren, sie zu liturgisieren, sodass ihrem Leben letzten Endes nichts *annähernd* Persönliches oder Singuläres mehr anhaftete. Sie waren reine Lebensform geworden. »Wenn das Leben der Mönche sich nicht mehr von der Regel unterscheiden lässt, sind sie selbst nicht mehr ›Geregelte‹, sondern ›von Leben Erfüllte‹«, stand da. Und: »Jede ihrer Bewegungen wurde Werk.« Ihm fiel auf, dass die Mönche, von denen das Ganze ja handelte – sie und ihre radikale Lebens*form* waren das Exemplarische –, kein einziges Mal mit Name oder Namen genannt wurden, als Individuen mit je ihrer besonderen und singulären Physiognomie, Gesicht, Temperament, Talenten, Tollpatschigkeit und eventuellem Mangel an Gehör, kein Einziger stach je aus der Menge des Ordens hervor. Nur die Äbte, welche die Regeln niedergeschrieben hatten und in der Schrift hin und wieder über die Regeln und das Leben im Kloster reflektierten, und die *im Übrigen* möglicherweise dasselbe Leben wie die Mönche lebten, nach denselben Regeln (die keine Regeln mehr waren, sondern das Leben als Form), jedoch gleichzeitig das Leben überwachten und sich damit notwendigerweise – als exemplarischer Souverän – zugleich innerhalb *und* außerhalb des Gesetzes befanden und jedenfalls dem Gesetz nicht folgten, sondern es in dem Moment, in dem sie *darüber* nachdachten und schrieben, brachen oder es aufhoben, waren genannt: Nicolaus Cabasilas, Petrus Johannis Olivi, Ildefons Herwegen (sie sagen ihm nichts, diese Namen, er sieht nichts vor sich, wenn er sie liest, kein Gesicht, keinen Menschen, nur, und undeutlich bloß, am äußersten Rand des Gesichtsfelds, die Andeutung von etwas, das vielleicht einem Mittelalterabt ähneln könnte – eine Art Kutte?, der Strick um den fetten Wanst, die glänzende Glatze, die Tonsur –, aber ganz sicher nicht irgendeinem Namen entspringt, sondern nur seiner primitiven Vorstellung von einer Art Mönch).

Es wunderte ihn, wie die zwei Bücher, *The Andy Warhol Diaries* und dieses kleine, beinahe unsichtbare Buch, die, außer der Tatsache, dass sie beide Bücher waren, soweit er sehen konnte absolut nichts miteinander zu tun hatten, nicht nur in derselben Abteilung des Buchladens gelandet waren, sondern im selben Stapel. The Strand war freilich ein außergewöhnlich unordentlicher, ja, beinahe chaotischer und unübersichtlich tiefer, labyrinthischer Buchladen – der absolute Gegensatz zum umliegenden

Straßennetz –, in dem man sich auf fürchterlichste und gesegnetste Weise verlieren, aus der Welt und der Zeit fallen konnte, doch je öfter er hierher zurückkam, desto mehr wurde ihm klar, dass dem scheinbar fraktalen Chaos in Wirklichkeit eine ganz eigene, implizite Ordnung innewohnte, dass die Bücher im Laden von den Angestellten ausnahmslos nach ganz besonderen Prinzipien und Regeln gruppiert und angeordnet waren, die er bislang nur ansatzweise erahnte und vielleicht der eigentliche Grund dafür waren, dass er immer wiederkam. Kein Zweifel, die beiden Bücher waren auf denselben Stapel in derselben unsichtbaren Abteilung gelegt worden, weil sie etwas für sie beide ganz Zentrales verband. (Es hatte jedenfalls nichts mit ihm zu tun, sie lagen nicht »zufällig« auf demselben Stapel, weil »der Sinn« war, dass ausgerechnet er sie ausgerechnet jetzt, im richtigen Augenblick, wenn die Zeit reif war, finden sollte, es war nicht, weil »irgendwer« oder »irgendetwas«, »das Schicksal«, gewollt hatte, dass ausgerechnet er sie finden und lesen sollte, die zwei Bücher hatten ganz unabhängig von ihm und seiner Mission etwas gemeinsam.) Aber was?

Irritiert, oder wohl eher verzweifelt, warf er die Bücher hin, ging zum Ausgang und die drei Stufen hoch zur Straße, erleichtert, gleichsam erlöst, als wären die

Bücher die zwei Balken des Kreuzes, das er abgeworfen hatte, als freier, absichtsloser Mensch wanderte er auf dem Broadway Richtung Norden, hastig, zielstrebig, dachte er, doch ohne irgendwo hinzumüssen, und auf einmal wusste er, dass er nie zurückkehren würde, weder in die Buchhandlung noch in die Wohnung, aber auch nicht zum Leben in The Garage, das war allesamt Vergangenheit und Zukunft, er wollte nur *hier und jetzt* in Bewegung sein, als Mensch unter Menschen in dem Leben, das ohne Bedeutung war, dachte er, und stolperte über eine junge weiße Frau, die an die Scheibe eines D'Agostino gelehnt saß, kahlgeschorener Schädel, in einer orangefarbenen Kutte wie ein tibetischer oder bhutanischer oder, was wusste er schon, balinesischer Mönch, und bevor er sich aufrichten konnte, hatte sie seine Hand mit den Kuppen ihrer Finger berührt, die nicht weich waren, sondern rau und kalt wie Gefrierkrabben, und ihm ein kleines, schlecht kopiertes schwarz-weißes A5-Faltblatt mit undeutlichen Zeichnungen oder Diagrammen, Kreisen, Dreiecken, Rhomben und Pfeilen in schier verschwindender Schrift gegeben, die er zu deuten versuchte, während er über die East 14th und Union Square weiter nach Norden ging, im Glauben, es gehe um den Pfad zur Gedankenlosigkeit und vollkommenen Leere ohne Spur des Selbst, das sich aber als ein mit Ausrufezeichen gespickter

Schrieb (wie ein Céline-Pamphlet) über die bevorstehende Invasion durchsichtiger Wesen from outer space herausstellte, eine Art Quallen, die die Menschen erlösen und von ihrer Bindung an die Erde befreien sollten. Am nördlichen Rand des Farmers Market, wo die biodynamischen Bauern aus Upstate schon die Stangen aus den Zelten zogen, reichte ihm ein indianischer oder vielleicht bloß älterer indischer Mann (chinesisch war er jedenfalls nicht, höchstens mexikanisch, ein Nachfahre der Inkas vielleicht oder eine Mischung davon, Mestize sagte man wohl, ein bisschen was von allem, wie der Kontinent und die Stadt und die Straße, durch die er ging) mit rein natürlich verfilztem Haar und handgenähten Schlupfschuhen, garantiert eine Art authentische Mokassins, einen trockenen Brotkanten mit schwarzroten Sprenkeln wie aus Blut (»try this, authentic barley-beetroot, hand knead, stone ground, organic grown upstate, you'll find us here every Wednesday and Friday till 7 p. m.«), den er in das Faltblatt faltete und ins Futter seiner roten Lederjacke steckte, weiter über die 23rd Street und Madison Square Park, Creeley Square, Herald Square, und dann, mit einem *Blitzschlag* mitten im Menschengewühl auf dem Times Square als seine eigene Statue am Fleck festgenagelt, stand es ihm klar vor Augen, und es wunderte ihn, dass er es nicht sofort gesehen hatte: Die beiden

Bücher hatten *alles* miteinander gemeinsam, sie waren in Wirklichkeit zwei Entfaltungen ein und derselben Schrift: eine Darstellung oder Dokumentation zweier der radikalsten Versuche in der Geschichte, das Menschenleben in reine, unpersönliche Form zu verwandeln: »I want to be a machine«, wie es als Motto und *kursiv* auf der ersten Seite von *The Andy Warhol Diaries* stand. Aber es hätte genauso gut als Motto in dem Buch über die Mönche stehen können, nur im Plural: »We want to be machines.« Oder an der Wohnungstür der Brüder: »We want you (as well) to become a machine.«

Er griff in das Futter seiner Lederjacke und zog das Faltblatt hervor, faltete es auf und brach das Brot und aß es (es schmeckte nach Staub, Ingwer und etwas bitter klebrig nach alter Roter Bete), während er im Menschengewühl auf dem Times Square stand, der wie ein nächtliches Aquarium vor buntem Reklamelicht überfloss, in einer sublimen und völlig stillen Komposition, eine unaufhörliche Bewegung, die auch ihn zerfließen und verschwinden ließ.

Zwei Minuten nach Mitternacht steht er vor der Tür zur 412 West 25th Street wie ein Novize vor dem Klostertor. Er klingelt und hört durch die Sprechanlage die nicht mehr karikaturhaft hysterische oder unmenschliche, sondern bloß vollkommen unpersönliche Stimme des einen oder des anderen, »brother Jerry«, »brother Bruce«, die Tür geht auf und er betritt den veloursverkleideten Korridor und sieht die haarfeinen Laserlichter emporragen wie die Säulen einer gotischen Kapelle; als er im elektrischen Stuhl Platz nimmt, ist es ein aus Eiche geschnitzter Chorstuhl im Kloster Stift Melk, in den er sich setzt, und siehe: ihre Bewegungen sind absichtslos, horch: ihre Rede ist die Liturgie der Leere, der Blitz bloß ein weißes Licht, ein Blendwerk, da sie ihn die Wendeltreppe hochtragen, sind sie zwei Engel mit Flügeln aus purpurner und hellblauer Seide, die Penetration ist eine Einweihung ins Nichts, und John F. Kennedys Autokorso durch Dallas ein lebendes Altarbild, das den Einzug in Jerusalem darstellt: Der Schuss peitscht, der Menschensohn sinkt zusammen, und das Auto (der Esel) bewegt sich weiter, als wäre nichts geschehen …

Plötzlich sieht er die Brüder in einem ganz neuen *Licht,* nicht als Rätsel, kleine perverse Gnome, Performancekünstler, Replikanten oder unheimlich lebendige Kopie*produkte* aus Campbell's oder Warhols Factory, sondern Menschen, die sich geopfert oder vielmehr hingegeben haben für eine andere Form menschlichen Seins. Mit einem Mal sieht er, dass das, was er bislang für nahezu vollkommene Selbstbeherrschung hielt, in Wirklichkeit etwas weit Radikaleres ist, nämlich reine Lebensform, dass sie im Gegensatz zu ihm, der die ganze Zeit beobachtet, oder sich dabei ertappt, dass er beobachtet, sie wie auch sich selbst, und *darüber* nachdenkt, was hier geschieht, schlechthin gar nichts sehen oder hören oder spüren, oder jedenfalls auch nicht einen Augenblick darüber nachdenken, dass sie vollkommen gedankenlos sind, den Mönchen gleich auf dem Weg zu reiner Gegenwart und Form. Und damit befreit. Erlöst. Wovon? Von sich selbst. Von der Einsamkeit. Der herzzerreißenden Einsamkeit, die als Paradox aus der perfekten stil- und selbstbewussten Leere in Andy Warhols Werk *strahlt,* in den Tagebüchern, in den Bildern von ihm, dem elektrischen Stuhl, in *Car Crash,* in *22 November, 1962,* in seinem Leben. Wessen? Warhols. Mein Leben gehört nicht mir. Das Leben gehört niemandem.

Und als sie ihn aus dem Stuhl hoben und in ihre Arme nahmen und die Treppe hochtrugen und auf den leuchtend weißen Velours legten und in ihn eindrangen, war der Schmerz, da die Wunde jeden Tag heilen und jede Nacht aufs Neue aufgesprengt würde und sich nie, nie ganz schließen sollte, nicht sein, sondern der Menschen Schmerz … und er dachte, dass er ihr Knecht sei, als wäre er nicht ihr Knecht … und er dachte, dass ihm sein Körper nicht mehr gehörte als ihnen oder jemand anderem, er und sein Körper waren einfach vorhanden, verfügbar, ein Potenzial, das sie und er selbst und jeder andere gebrauchen durfte … und er dachte, dass er der Rest war, den die Zeit übrig gelassen hatte … und er spürte, wie die Zeit, nicht nur seine eigene, sondern die Zeit, in der er und alle anderen Menschen lebten, sich zusammenzuziehen und zu enden begann … Die *Geschichte* war nicht vorbei, sie näherte sich nur ganz gemächlich, in unbegreiflicher Hast, ihrem Ende …

Und als er am nächsten Morgen aus der Tür trat und in dem wundersam blendenden Dezembermorgenlicht auf der West 25th Street Richtung Osten ging, spürte er, wie er neben sich selbst ging, er begleitete sich selbst, wohin: dem Ende entgegen. Das nicht jetzt war. Sie, er und er oder er & es waren vorerst nur auf dem Weg. Dem Ende zu. Dem Ende der Zeit … Und er versuchte, es vor sich zu sehen, in dem Licht, dem bleichen, aber blendenden Winterlicht: das Segel, das eingeholt wird, die Muskeln, die sich zusammenziehen, wie die eines Tiers vor dem Sprung … und er dachte an die jetzt *nahezu* vollkommene Ordnung, in den Nächten, in der Wohnung, in den Bewegungen der Brüder und ihrem Ablauf, das *nahezu* Vollkommene, das sich im Unendlichen nähert, aber nie vollkommen wird, warum? »Es gibt etwas im Gesetz, das das Gesetz überschreitet«, dachte er, wer hat das gesagt? Ich, sagte er, jetzt. Zu wem? Gab es andere? Er sah sich um: Er hatte anscheinend auf dem Broadway einen Schlenker nach unten gemacht und ging jetzt nach Südosten, als ob er dem Gang der Sonne folgte und weiter in dem blendenden Licht gehen wollte, er kniff die Augen zusammen, da vorn war Union Square, und rings um ihn in einer gleichsam unaufhörlichen Bewegung dem Ende entgegen, Hunderte, Tausende von Menschen, die er vorher *nie im Leben* gesehen hatte und sicher *nie im Leben* wiedersehen würde, und plötzlich, aus den Glastüren von etwas, das wohl kaum ein Le Pain Quotidien sein konnte, trat ein jüngerer Mann, groß, elegant, glatt, mit Jackett, langem dunkelgrauem Trenchcoat und glänzenden Schuhen, der Inbegriff eines New-York-Bankers, der Futures-Händler, der wie er selbst mit der Zukunft handelte, eine Zukunft, die es nicht gab und die nie kommen und die es nie geben würde, außer als Erwartung, als Glaube, dachte er, sowohl er als auch ich handeln mit dem Glauben an das, was nie kommen wird – aber ohne Krawatte, nur ein zart hellblaues Hemd, dessen oberster Knopf offenstand, »hi«, sagte der Mann, groß, schlank, die Mappe mit den Zukunftskontrakten in der rechten Hand, und auf der ausgestreckten linken balancierte er nicht eine »black box«, sondern eine einfache weiße Pappschachtel, ein Geschenk, kein Mirakel, nur ein Kuchen, ein ganz gewöhnlicher, aber mit virtuoser Präzision hergestellter und bestimmt schockierend teurer Kuchen, »how are you«, sagte der New Yorker, *ohne jeglichen Grund,* wie er selbst ins Leere hineinspazierend, reine Erwartung, an eine Zukunft, die nie kommen und existieren würde, außer als die Erwartung JETZT, »I'm fine, thanks«, antwortete er, »and you?«, aber das hätte er nicht tun brauchen, auch das, auch er, war ganz *ohne Grund,* und der andere, der Amerikaner, antwortete auch gar nicht, ihn hatte bereits die Menge von Menschen verschluckt, die er *nie im Leben* wiedersehen würde … und er dachte, dass er vielleicht überhaupt nicht und nie mehr etwas tun würde (kein entscheidender Augenblick, keine erlösenden Worte von einer Bühne im Rampenlicht), nur in dieser gleichsam endlosen Stadt, der Stadt der Städte in der Neuen Welt, umherwandern und einzig *bereit* sein, etwas zu tun (das Segel, das eingeholt wird, die Muskeln, die sich zusammenziehen vor dem Sprung), sich mit jedem Schritt der Handlung nähern, dem, was zu tun er bestimmt war, es aber nie tun, nie ans Ziel kommen … mit jedem Schritt würde er es hinauszögern, jeden Schritt, auch den nächsten, würde er hinauszögern … und er dachte, dass er einfach nur weiterzugehen brauchte, wenn er einfach immer weiter durch die Straßen dieser Stadt ging, würde die Zeit in ihm stocken und aufhören, es gäbe keine Zeit mehr in der Welt, und dann wäre auch dieses neue Imperium zu Ende gebracht, vorbei, aus der Welt.

Doch jeden Vormittag kehrt er trotzdem (vielleicht bloß um der Wiederholung willen, um hinauszuzögern und nicht vor der Zeit aufzuhören) zur Garage in der Wooster Street zurück, stellt seinen Rucksack an einem zufälligen Platz auf der Tribüne ab und nimmt »for no particular reason« seine Position an der Grenze zwischen Licht und Dunkel hinter der Bühnenplattform ein, an dem Fleck, den er jetzt als seinen Platz (worin: in der Welt? der Geschichte? im Leben? »the show«) betrachtet, auch wenn er dort vermutlich nur in dem Bis-auf-Weiteres dasteht, das die Zeit ist, die enden wird, ehe der eigentliche andere, der hier stehen soll, zurückkehrt (von wo? Der Toilette? Hollywood? Dem Himmelreich? Nichts? Und wer sollte das sein, wer *konnte* es sein, es gab doch wohl keinen anderen als ihn?). Ansonsten ging das Leben, oder was immer es war, in The Garage seinen gewohnten Gang, mit den kleinen, gleichgültigen Verschiebungen, in denen LeComptes Genie bestand und die keine Außenseiter, egal wie oft sie auch wiederkämen, würden sehen können, sondern allenfalls, mit ganz leichtem

Schaudern Freude Furcht Übelsein oder kompletter Gleichgültigkeit, vage empfinden. Mehrere Tage oder Wochen lang kommentierte keiner, dass er auf einmal zumindest nahe dran war, »part of the show« zu sein. Und warum sollten sie auch, er machte ja keinen Unterschied, alles war so gut wie gehabt: die Monitore mit ihrem Eigenleben aus Flimmern, Fragmenten japanischer Samurai-Filme, Pornos, Kenneth Branagh und Close-ups von Kleinkram auf dem Pult des Videotechnikers ganz oben in der hintersten Reihe unterm Garagendach, Rumwerkeln, Gehuste, Knistern, Schritte aus einer 1984er-Show mit dem Titel *L. S. D. (… Just the high points …)*, und, ganz schwach, nahezu unhörbar, wie aus der anderen Welt, Ron Vawters »by ways of farewell«; in der Passage zwischen Tribüne und Bühnenplattform standen Peyton, Webster, Valk und ab und zu auch Dafoe und kramten in ihren Taschen, tranken Kaffee und nuschelten etwas oder vollführten in ihren seltsamen Gummischürzen und was aussah wie Boxerstiefel eine Art nachlässig hingeworfene Skizze für einen Synchrontanz, »for no particular reason« oder schlicht weil sie froren, es war Dezember, bald Weihnachten – zu keiner Zeit während der Tage oder Wochen oder Jahre, die er dort gestanden hatte, hatte er etwas gesagt oder etwas getan, was man eine Handlung nennen könnte, nicht dass er *vollkommen* still stand, das wäre auffällig gewesen und völlig entgegen LeComptes Absicht – die keine Absicht war, sondern eine Welt- und Lebensanschauung, eine Philosophie oder vielmehr Utopie einer völlig anderen, neuen, demokratischeren Verteilung des Seienden –, als ob er jemand ohne ein Wort etwas sagen, mit seiner vollkommenen Unbeweglichkeit eine Art *Bedeutung* ausdrücken wollte. Nein, er war einfach da, das war alles, der Inbegriff von *Dasein*. Und plötzlich wurde es zu viel, schwappte über und sprengte seine eigene Grenzenlosigkeit: Die zierliche, spitznasige junge Frau, von der er im Wahn eines flüchtigen Augenblicks gewusst hatte, dass sie seine und der zwei Zwillinge Schwester war, richtete sich auf, schob ihr halblanges Haar mit einer energischen Bewegung in den Nacken und sagte: »what is he doing there?!« »Who?«, sagte LeCompte. »Uhhuh«, sagte die junge Frau und nickte, »I see«, und nach einem Augenblick Stille: »but why then do I have to look at him?« »You don't«, sagte LeCompte. »But I do«, sagte die junge Frau, »and I don't see the point.« Die ganze Zeit über hatte sie ihn angesehen, intensiv, ohne zu blinzeln, mit einer Verachtung, die nicht bloß Verachtung war, sondern der Hass, mit dem allein der inzestuös Liebende den anderen anschauen kann. Jetzt drehte sie plötzlich den Kopf und sah LeCompte an, aggressiv, souverän, als wäre nicht LeCompte die Regisseurin, sondern sie. Es war ganz still, die zwei Frauen – die alte & die junge, die Mutter & die Tochter – sahen einander an. »Okay, everyone«, sagte LeCompte, »why don't we take a break, what do you need, maybe twenty, let's say half an hour.« Die junge Frau, die, das wusste er jetzt, seine Zwillingsschwester war, senkte den Blick und schüttelte leicht den Kopf, als wäre sie nach einem Augenblick Abwesenheit / Blitz / Tod gerade zu sich gekommen. Dann stand sie auf und ging die Treppe hoch, und hinter ihr fiel alles, das Leben, »the show« und die Sinnlosigkeit des Ganzen in sich zusammen. »Soup anyone?«, fragte einer der »volunteers«, ein junger Typ mit Pferdeschwanz, den er noch nie vorher bemerkt hatte, der aber bestimmt die ganze Zeit da gewesen oder eben erst gekommen war. »I'll have a ginger-carrot«, sagte Peyton von unten aus der Passage zwischen Bühne und erster Reihe und biss in einen Apfel. »I don't think they have that one any longer«, sagte der junge Typ. »Why?«, fragte Peyton. »Yesterday they hadn't«, sagte er, »but maybe today.« »Then just give me a minestrone«, sagte sie. »No ginger-carrot?«, fragte der junge Typ. Sie antwortete nicht, bückte sich nur, dass der BH plötzlich den Halt verlor und ihre Brüste sich gespannt errötend über den Rand lehnten, zog eine Papierserviette aus ihrer Tasche, schüttelte sie auf und wickelte sie um das Kerngehäuse. »Okay«, sagte der Typ, »I'll see what I get.«

Und als sie alle, selbst Peyton, aus dem Saal verschwunden sind, verlässt er seinen Platz an der Grenze zwischen Licht und Dunkel und steigt die Tribüne hoch und setzt sich in die Reihe schräg hinter LeCompte. »So you've chosen *The Hairy Ape* for the new show?«, fragt er. »Have we?«, sagt sie, ohne von dem Heft aufzusehen, in das sie gerade mit einem zerkauten lila (lavendelfarbenen?) Bleistiftchen Notizen macht. »Haven't you?«, sagt er. »I guess so«, sagt sie. Und er fragt, warum sie ausgerechnet diesen Text ausgesucht hätten, ein expressionistisches, aber immer noch sehr pathetisches und psychologisches und eigentlich typisch amerikanisches Stück, verfasst von einem versoffenen weißen Mittelschichtmann, ja, warum überhaupt ein Theaterstück, sagt er, und nicht irgendeinen anderen Text, das Telefonbuch, die aktuelle *New York Times*, die Abschrift einer Tonbandaufnahme all der Sachen, die ein x-beliebiger Mann oder eine x-beliebige Frau, »maybe you«, sagt er, an einem x-beliebigen Tag vom Aufstehen bis zum Schlafengehen gesagt hat, oder die Bibel? Sie sieht ins Leere. »For no particular reason«, sagt sie. Sie greift in ihre Tasche und holt irgendwas hervor und beißt hinein. »Sometimes it's just good to have something to say, also when you don't really have anything to say«, sagt er. Sie hört auf zu kauen und dreht sich ihm zu. »Who told you that?«, sagt sie. Als wäre es das Unsagbare, das Geheimnis an sich, der Schlüssel ZUM GANZEN, »who the hell told you that?!«

Eines frühen Abends, als er auf dem Broadway nach Norden streifte, an der Grenze zu Spanish Harlem, begegnete er einem älteren Mann in einem ganz gewöhnlichen, ein wenig zerknitterten Pyjama, der sagte, er heiße Joseph London und sei nur kurz Milch kaufen, und ihm einen fast völlig zerfledderten Fünfdollarschein zusteckte und sagte, er könne jederzeit bei ihm wohnen, »right up there«, sagte er und zeigte nach oben in den schneeschweren Himmel, »ninth floor 241 West 97th«. Dazu fiel ihm erst mal nichts ein, also wanderte er weiter nach Osten auf der 104th oder 105th und sah Central Park wie Kumuluswolken aufschäumen über etwas, das ihm vorkam wie die Skizzen einer Aztekenstadt, und auf der Amsterdam Street nach Süden und sah einen kleinen Laden, den er bisher nie bemerkt hatte, obwohl er als der einzige abends geöffnete des ganzen Blocks leuchtete, weil er vorher nie im Leben die Amsterdam entlanggewandert war, und ging hinein und sah zwei große, dunkle, ernste oder vielmehr melancholische junge Männer hinter einer beleuchteten Glasvitrine mit Gerichten aus dem Mittleren Osten stehen, und da fiel ihm mit einem Mal auf, dass er mehrere Tage oder Wochen lang an The Gourmet Garage vorbeigegangen war und während der ganzen Zeit nichts anderes zu sich genommen hatte als den täglichen Toast, Kaffee und Orangensaft, und nicht, weil er keinen Hunger gehabt hätte, sondern weil er auf dem besten Weg war, befreit zu sein von jeder Ursache und ganz ohne Grund. Er war jetzt der einzige Fremde in dem kleinen Laden, und die zwei jungen Männer, offensichtlich Zwillinge, betrachteten ihn mit einem nicht strengen, eher milden und melancholischen Ernst, ohne Forderung, als trügen sie die Erinnerung eines ganzen vergessenen Volkes in sich; es gab keinen Weg zurück, er musste einfach weitermachen, er bestellte also eine Falafel, und die zwei Zwillinge nickten synchron und sorgenvoll, und er sah, wie der eine dem anderen das Brot reichte, dunkel, rund und schwer wie ein Leinengewand, das er andächtig mit Tahini bestrich, worauf er vier spröde hellbraune Kugeln wie eine Karawane über die nunmehr glänzende Wüste verteilte und jeder einen leichten Druck gab, gerade so viel, dass das Spröde, Hellbraune barst und eine feuchte blassgelb und saftiger grün gemusterte Masse hervorschien, und bedeckte sie mit ölglänzend zergehenden Auberginenringen, fein geschnittenem, wie Psoriasis flimmerndem Rotkohl, Tomatenscheiben und einem herb nach Knoblauch riechenden Dressing, und er nickte nur und legte dem einen der zwei Brüder den Fünfdollarschein in die Hand, der ebenfalls nickte und dann ohne Anlass sagte, »we are Yemeni Christians«, und mit der anderen Hand die Falafel über die Glastheke reichte wie eine Depesche, eine vor Bedeutung schwere Rolle Papyrus, die er verzehrte, während er auf der Amsterdam weiter nach Süden wanderte und versuchte, in der Ferne hinter der gezackten Silhouette von Midtown (hinter den Wolken und den Nächten dahinter) die Verbindung zwischen London, Amsterdam, den Azteken und dem christlichen Jemen auszumachen, es gab (natürlich) keine.

Doch an einem anderen Abend, als er seinen Platz im Abgrund hinter der Bühne verlässt, geht er *for no particular reason* nicht nach Norden an The Gourmet Garage vorbei, sondern nach Osten auf der Canal Street nach Chinatown. Auf der anderen Straßenseite sieht er jetzt einen Burger King, der anders als alle Burger Kings, die er in seinem Leben gesehen hat, nicht *zum Verwechseln* einem Burger King ähnelt, sondern einer zwischen typischen verrußten, fünfstöckigen Manhattangebäuden mit Zickzack-Brandtreppen an der Fassade eingeklemmten chinesischen Pagode mit roten Säulen und vergoldeten Drachenfratzen und einem an das grüne Pagodendach gekleisterten Burger-King-Logo, und er muss an den Film *Andy Warhol eating a Hamburger* denken, in dem Warhol einen

Hamburger isst, typisch amerikanisch, denkt er, nicht bloß einen Hamburger essen, oder dass Andy Warhol einen Hamburger isst, sondern dass er es in einem Film tut, der im Volksmund *Andy Warhol eating a Hamburger* heißt, »I swear to tell you the truth, the whole truth and nothing but the truth«, denkt er und geht über die Straße und in die Pagode (die von innen *zum Verwechseln* einem Burger King ähnelt, abgesehen davon, dass die Gesichter und Körper in den stereotyp ketchuproten Uniformen alle chinesisch sind) und bestellt »a hamburger«, was aber keiner versteht, er muss auf das Schild zeigen, er kostet genau den einen Dollar, den er jeden Tag ausgeben darf. Er setzt sich auf ein hartes, glänzendes und wie eine Donald-Judd-Skulpur perfekt formgegossenes Plastiksofa, stellt die weiße Papiertüte vor sich auf den Tisch, faltet sie auf, greift hinein und holt die Pappschachtel raus und stellt sie neben die Tüte auf den Tisch, öffnet die Schachtel und nimmt das Fettpapierpäckchen mit den kleinen Burger-King-Logos aus der Schachtel, legt es neben Schachtel und Tüte auf den Tisch und betrachtet die drei Gegenstände und denkt, dass er nicht bloß einen Hamburger gekauft hat, sondern auch eine chinese box in a box in a box, dann faltet er das Päckchen auf und nimmt den Hamburger in beide Hände und fängt an, ihn *genau wie jeder andere* zu essen, und schaut anscheinend als

Einziger in der ganzen Pagode oder dem Restaurant hoch zu dem kleinen Wandfernseher, der so laut aufgedreht ist, dass er beinahe das eigenartige Schweigen der Chinesen übertönt, die möglicherweise alle Amerikaner sind. In einem weichen weißen Lehnsessel vor einem Regal in etwas, das dem klischeehaften Wohnzimmer eines New-York-Intellektuellen der Upper West Side ähnelt, sitzt eine weiße Frau mittleren Alters mit ernsten, groben Gesichtszügen und voluminösem schwarzem Haar mit einer silbernen Welle die rechte Wange hinunter und sieht aufmerksam und mit an gebildete Abscheu grenzender Distanz auf einen Punkt links neben der Kamera, von wo eine Männerstimme sagt, »had you not heard about her?« »I had not«, sagt die Frau, und ihm wird klar, dass es die Frau ist, mit der er an einem Abend während der Show in The Garage geredet hatte, die Frau mit der Silbersträhne, »excuse me, are we not speaking English?«, sagt sie. »Had you really not read or heard about her?«, fragt die Männerstimme. »Until about two weeks ago I had never heard about Camille Paglia, that's correct«, sagt die Frau, die Susan Sontag ist, und er denkt, dass er bis zu dem Augenblick, als sie sagte, dass sie nie von Camille Paglia gehörte habe, nie von Camille Paglia gehört hatte, und dass er selbst jetzt, wo er von ihr gehört hat, immer noch nicht weiß, wer Camille Paglia ist oder was so unfassbar daran sein soll, nie von ihr gehört zu haben, und er denkt, genau das ist es, das ist die Öffnung, der tote Winkel, aus dem er in die Geschichte hätte eintreten sollen, dass seine Position undenkbar ist, nicht nur für den Mann außerhalb des Kamerablickwinkels, sondern für die Amerikaner insgesamt, dass er in gewissem Sinn, aus ihrer Sicht, überhaupt nicht hier ist, was es ihm ermöglichen wird, zu tun, was kein Amerikaner würde tun können, das Unmögliche. Und die Chinesen?, denkt er und sieht sich um. Er befindet sich in einem Burger King mitten in Manhattan, New York, aber keiner außer ihm, weder die Angestellten noch die Gäste in den Sitznischen um ihn herum, sprechen oder verstehen anscheinend Englisch. Selbst wenn sie auf den Fernseher geschaut hätten, hätte keiner von ihnen etwas verstanden, weder die Frage des Interviewers noch die Antwort der Frau. »My name is Andy Warhol and I just finished eating a hamburger«, sagt er, aber *sie kapieren es nicht.* Er knüllte das Burgerpapier zusammen, ließ es auf dem Tisch liegen, stand auf und verließ die Pagode, überquerte die Canal Street und ging weiter nach Norden Richtung West 25th.

Und jeden Morgen, wenn er die Wohnung verließ und zur Avenue of the Americas kam, blieb er stehen und zog *The Andy Warhol Diaries* aus dem Rucksack, schlug es an einem zufälligen Tag auf, der immer der heutige Tag war, las eine zufällige Zeile und lernte sie auswendig. Und den Rest des Tages, wenn er nur durch die Straßen streifte oder an der Grenze von Licht und Dunkel hinter der Bühnenplattform in The Garage stand, wiederholte er den Satz, bewegte die Lippen, lautlos, wie eine Liturgie, um leer, reine Form zu werden. Aber noch der nichtssagendste Satz – und sie waren alle gleichgültig und nichtssagend, das war Warhols besonderes Genie, das Nichtssagende – lud sich mit der Zeit, Schritt für Schritt, wenn er am Abend (wieder) durch die Stadt streifte, immer mehr mit Bedeutung auf, die gegen Mitternacht, wenn er sich (ohne es zu wollen, ohne jemals seit der Nacht des ersten Tags einen derartigen Wunsch zu verspüren) der West 25th Street und der Wohnung der Zwillinge und *Dem Fürchterlichen* näherte, immer eindeutiger auf ihn und just sein Leben verwies, wie eine Prophezeiung, die letzten Worte des Erlösers am Kreuz: »We sat inside and didn't see anyone«, »there were white orchids on the girls' plates«, »at ›21‹ the hat-check girl said ›I know who you are‹«, »there was nobody around« und »how could you kill two innocent cats« …

Und dann eines Nachts hat er es plötzlich dennoch getan, ohne darüber nachzudenken, ohne es länger zu wollen (es war ja nicht mehr notwendig),

»for no particular reason« und vielleicht gerade weil er es aufgegeben hatte, hat er sich plötzlich übertroffen und das Unmögliche getan: seine spontane Performance der ersten, unwiderruflich schönen und jetzt im Rückblick *idealen* Nacht wiederholt, mit einer Präzision, die die Nacht zum Klingen bringt, wie wenn eine Brücke plötzlich die Eigenschwingung trifft, ein tiefer, bebender, schaurig schöner Ton, der das Allzumenschliche in den Brüdern erlöst und sie freilässt.

Erst merkten weder er noch sie, dass *es geschehen war.* Doch dann mehrten sich allmählich die Zeichen: Eines Nachts, als der eine oder der andere der Brüder ihm barfuß in seinem hellblauen Pyjama das Sushitablett hinhält, kippt es leicht, und einer der vier klebrigen Reisfinger, der bleichweiße mit dem durchsichtigen rosa Schatten, kullert über den Rand und landet auf dem lavendelfarbenen Velours. Die Nacht steht einen Augenblick still, er merkt, wie die Muskeln in den eklig bleichen, schmächtigen Leibern der Brüder sich anspannen – wovor? Verlegenheit? Irritation? Vorahnung? Furcht? –, ein endloses, gleichsam geleeartig bebendes Jetzt *starren* sie alle mit Fischaugen auf den Teppichboden, dann bückt sich der andere Bruder, mit seinen fünf krummen bleichweißen Gollumfingern *fischt* er die zerfallene oder bröckelnde, blass glänzende Schnecke aus dem Teppich, zupft die klebrigen Reiskörner von den Velourshärchen, vergebens, er merkt, wie das Schleimige – Zellen, Moleküle von verkochten Reiskörnern und das poröse bleichweiße Fischfleisch – und nicht zuletzt der Geruch *für ewige Zeiten* hängen bleibt, dass der Zauber für immer gebrochen ist, profaniert, wie Sperma auf dem jungfräulichen Teppich … dann reißen die Brüder sich von dem Augenblick los und setzen die Choreografie der Nacht fort, als wäre nichts geschehen. Haben sie's schon vergessen?, dachte er, oder tun sie nur als ob? In einer anderen Nacht, als sie ihn nach der »Hinrichtung« aus dem elektrischen Stuhl heben und auf verschränkten Armen im Königsthron durch die Tür tragen, stößt der eine der Brüder, der linke, rosafarbene, gegen den Türrahmen, ein kleiner Schlag durchzuckt alle drei, eine kleine Verrückung der Welt, und die Nacht ist »out of joint«, ein fast nicht hörbarer Laut entschlüpft ihm, eine Blase, welche die sonst perfekt – wie der industriell glänzende Lack einer Donald-Judd-Skulptur – glatte Oberfläche der Nacht durchbricht … Dann sinkt die Nacht zurück in ihre Form, sie tragen ihn die Treppe hoch, und wieder ist es, *als wäre nichts geschehen.* Doch in einer dritten Nacht, als der eine *und* der andere sich aus ihm rausziehen und die zwei bleichen Wesen synchron von dem weißen Velours im Himmelsraum aufstehen, bekommt der eine einen Hustenanfall, und es ist nicht bloß ein Körnchen Staub, das sich in den feinen Flimmerhärchen der Lunge verfangen hat, sondern etwas Fatales, der andere Bruder erstarrt, wie eine durch den Druck eines unsichtbaren Fingers auf die Pausetaste in ihrer nur halb aufgerichteten Figur gefangene Person in einem Film, während sein Zwillingsspiegelbild sich in einem grauenvollen Husten zusammenkrümmt und für immer von ihm zu trennen beginnt, und er denkt, jetzt ist es geschehen, das ist nicht bloß ein Augenblick, das ist der Anfang von dem Ende, das die ganze Zeit, von dem Augenblick an, als er in der ersten Nacht an der Sprechanlage klingelte (oder dem Abend davor, als er in einer Telefonzelle am Astor Place mit vor Kälte weißem Zeigefinger die letzte Telefonnummernziffer getippt hatte), immer schon in den Nächten angelegt war, nicht ihr »natürliches«, sich rhythmisch wiederholendes Ausklingen im Morgengrauen, sondern das Ende der Körper, der Stadt und der Zeit.

In den folgenden Nächten versucht der eine Bruder, seinen Zwilling und damit die Nacht zu retten. Jedes Mal, wenn der andere von einem Anfall gepackt wird, oder auch nur der Andeutung eines Anfalls, diesem schwachen Zittern, Zischen, greift er ein, virtuos, souverän nimmt er das Tablett, übernimmt die Repliken,

Auftritte, den Gestus, den Tonfall, die Atmung, die Blicke des anderen, als wären die Anfälle nur ein vorübergehender Makel, eine Wunde, die sich bald schließen wird, und als fände die Nacht ganz von allein zu ihrer perfekten Lebensform zurück. Doch die Anfälle werden Nacht für Nacht heftiger, Bruce, der jetzt der Name für den Menschen, die Krankheit, den Tod ist, kann sich kaum bewegen oder den Mund aufmachen, um zu sagen, was er immer gesagt hat, dann kommt es, und immer heftiger, nicht nur das Geräusch und die Krämpfe, es kommt Schleim, und der Schleim wird blutig, die Phasen, während derer alles verläuft wie zuvor, werden immer kürzer, auf einmal ist die Ausnahme die Regel, und das, was dazwischenliegt, begleitet von einem konstanten, mühsamen Zischen, der Kranke versucht krampfhaft, die Form der Atemzüge, der Nächte und des Lebens zu wahren, aber es wird immer unmöglicher, Luft zu holen, sich aufrecht zu halten, weiterzumachen, wie das Knistern einer Leitung mit Wackelkontakt zerlöchert die Krankheit die Nacht, sodass all das Zufällige, die Zeit, die Gedanken, *das Leben* nach und nach von draußen aus der Welt und der Stadt einsickern.

Und dann, von der einen Nacht auf die andere, greift der andere Bruder – der jetzt endgültig Jerry ist, nicht bloß ein *möglicher* Jerry, einer von zwei möglichen, eine Ungewissheit, sondern *der einzige,* egal welche Farbe die Seide seines Pyjamas hat, er *allein* ist jetzt Jerry – plötzlich nicht mehr ein, er macht einfach weiter, als wäre nichts, tut genau das, was er bisher gemacht hat, dieselben Auftritte, der Tonfall, das hysterische Kreischen und »I can't believe it, he never tried sushi!« und »we just thought you were hungry«, ohne Rücksicht auf den Bruder, der sich zu seinen Füßen zusammenkrümmt wie eine brennende Titelseite der *New York Times* (today's headline: »Menendez-mother slipped in her own blood and fell, then was shot several times in the arm, chest, and face by the brothers, leaving her unrecognizable«), fährt Jerry fort: »God, you look tired«, und der Gast antwortet: »I haven't slept since I came …« Er und Jerry sind jetzt in der Choreografie der Nacht allein, nicht mehr drei, sondern bloß zwei, einen kurzen Moment begegnen sich ihre Blicke – wie immer – und die Leere im Blick des anderen kommt ihm jetzt zynischer, unmenschlicher vor denn je, wie eine Hochspannung, die ihn zu glühendem Jubel auflädt, und er denkt, dass jetzt sie, er und Jerry, Brüder sind, zwei Kopien derselben absoluten Leere. Und unter sich, als ein Flimmern am Rand des Gesichtsfelds, sieht er Bruce, von Krämpfen geschüttelt, er hört sein erbärmliches Bellen, den zischenden Atem, und er denkt, *das* ist das Menschliche: die Ohnmacht, die Hilflosigkeit, der ewig misslingende Versuch, die Form des Lebens zu wahren. Und er ekelt sich und merkt, es interessiert ihn, da öffnet sich etwas, das ist der Weg hin zu *etwas,* von dem er nicht weiß, was es ist, er braucht bloß weitermachen. »What about one last cigarette«, sagt er. Und dann kommt er, der Blitz, das Bild seines eigenen Gesichts im Augenblick des Todes, er lächelt, und dann ist es weg.

Jede Mitternacht, wenn er im Dunkeln vor der Tür zur Wohnung steht, dauert es länger und länger, ehe die Tür aufgeht, und er hat Zeit, den Geruch wahrzunehmen, diesen süßlichen Geruch nach Krankheit – von einem Leib, einer biologischen Form, die ihrer genetisch codierten Form nicht gerecht wird, nach und nach lockert sie ihren Griff –, der gleichsam aus Ritzen *sickert,* die er nicht sehen kann. Und ihm wird klar, dass die Wohnung, die veloursverkleideten Räume, bisher völlig geruchlos waren, und damit ohne Zeit, und der Geruch des langsamen Verderbs und Zerfalls von Leibern, Organen und Zellen die Zeit ist, die vergeht. Die Tür öffnet sich langsam (aber ohne Worte, es gibt keine Sprache mehr, nur dieses zitternde Zischen aus den Lungen), vor ihm, wie immer, ein hellblauer Seidenpyjama, doch das Wesen darin, das in der ersten Nacht ein perfekt »schmächtiges, blondiertes, kurzhaariges kleines Wesen« war, ist jetzt ein bloßer Schatten dieses Wesens, das nach und nach in sich zerfällt, übersät von blassroten, gelblichen, immer tiefer schwarzblauen Flecken, die Haut platzt auf, Risse in nässenden Wunden, das Gesicht ist von dunklen Schrunden gezeichnet und ausdruckslos, eine papierdünne Collage nur, die über einem immer stärker hervortretenden Schädel hängt. Dann kommt es, erst nur dieses Schütteln, dann, in unregelmäßigen Krämpfen, der Anfall, der hellblaue Pyjama krümmt sich an der Wand zusammen, die sich öffnet, und er steigt über das, was nun daliegt, diesen Rest einer Lebensform, und betritt den lavendelfarbenen Raum. Er sieht sich um, wie immer, dieselben Bewegungen – Warhols *Car Crash* (oder ist es *Ambulance Disaster:* die Leiche der Frau (ihre Mutter, denkt er), die so rücklings hingeschlenzt aus dem Seitenfenster hängt, mit offenen Augen und verwundert, staunend gerunzelten Brauen), und am anderen Ende des Raums, von einem einzelnen Spot betont, der elektrische Stuhl – die Choreografie der Leere. Dann kommt Jerry rein, »hi«, sagt er, »how are you.« »I'm alright«, sagt er. »Jerry«, sagt Jerry, »my name is Jerry, I talked to you on the phone, you really look good.«

Und so machen sie weiter, als wäre nichts, wie immer. Auf dem Weg. Hin zu etwas. Das interessiert ihn, wie das Leben in The Garage, »the show« ihn seinerzeit interessierte, er will wissen, wie weit sie gehen können.

Und als sich der eine oder der andere im weichen weißen Velours des Himmelsraums über ihn beugt, ist es nicht mehr nur der anonyme eine oder andere, sondern *entweder* Jerrys perfekt temperierter Leib, der sich, geruchlos und ohne den kleinsten Tropfen Schweiß oder überschüssige Wärme abzusondern, mit Fingern so lang und stark wie Zangen, um seine Knochen schließt und in jeden kleinen Spalt eindringt und ihn mit seinem pulsierenden, perfekt geformten Glied *sprengt,* in einem verfluchten Rausch aus Schmerz und Wollust, *oder* eine fieberbrennende, machtlos bebende, kaltschweißige Menschen*leiche,* die zischend und mit immer ekelerregenderem süßlichem Gestank auf ihn niedersinkt und ihr paradoxerweise *bis zuletzt* zum Bersten blutgefülltes, pochendes Glied (als ob das Leben bis zuletzt (und als Letztes) versuchte, im Begehren, im Trieb, auf seiner Form zu beharren) tastend in ihn einführt, und in dem Krampf, der den ganzen fiebrigen Leib durchschüttelt, einen heißen Strom in ihn reinspritzt, der nicht mehr, zumindest nicht nur, Samen ist, sondern auch etwas anderes, nicht die Lebenskraft, sondern die Mischung aus schleimigem Blut und Entzündung des Todestriebs.

Und er lässt es geschehen, mit einer Nacht für Nacht *perverseren* Wollust, die jetzt nicht mehr (nur) hochgradig idiotisch ist, denkt er, sondern etwas anderes. Etwas, von dem er nicht weiß, was es ist. Etwas jenseits von Begehren und Freiheit. Das interessiert ihn. Er macht weiter. Er will wissen, wie weit er gehen kann.

Und jeden Vormittag (es ist nicht mehr Morgen, es wird von Mal zu Mal später), wenn er das Gebäude in der West 25th Street verlässt und nach Osten geht, bleibt er an der Ecke Avenue of the Americas stehen und zieht *The Andy Warhol Diaries* aus dem Rucksack und schlägt es an einer zufälligen Stelle auf und liest einen Satz – »Stuart wanted two double martinis and four hot chocolates, so we went and got them« / »it could have been us, or anything« / »killed some moths« –, den er auswendig lernt und der ihn wie eine lautlose (und fatale) Liturgie durch den Tag, die Straßen, die Stadt trägt, einer weiteren Nacht entgegen …

Und während der eine Bruder sich auflöst und das Leben in ihm langsam die Form verliert, beharrt er zusammen mit dem anderen Bruder auf dem perfekten Timing, dem sublimen Tanz der Leere durch die Nacht. Doch eines Nachts merkt er, wie auch Jerry langsam anfängt zu *hängen*. Seine Bewegungen sind nicht länger schwerelos, plötzlich bemerkt er die Anstrengung, der andere ist nicht länger ein Automat oder ein von seinem Selbst befreiter Mönch, sondern ein Mensch, der *willentlich* darum kämpft mitzuhalten, nicht nur mit ihm, dem ehemaligen Novizen, sondern auch seinem eigenen, vormals perfekten Selbst. Seine Bewegungen und Repliken werden immer unpräziser, tastender und vermögen die Lebensform nicht mehr auszufüllen. Und als ihre Blicke sich kurz begegnen, sieht er von seinem Platz im elektrischen Stuhl aus plötzlich die Lücke, die sich in den Augen des anderen auftut: die Ansprache, eine Bitte, worum? Die Erlaubnis, loslassen zu dürfen? Wie ein Mensch? Die Bitte, erlöst zu werden? Egal was: Er reagiert nicht, jetzt ist plötzlich *er* es, der nicht auf die Versuche der Brüder, Kontakt herzustellen, reagiert und einfach weitermacht, ohne ein Wort, allein dadurch, dass er sich mit *unmenschlicher* Präzision wiederholt, *insistiert* er und zwingt das jetzt plötzlich allzu menschliche, hilflose und einsame Wesen in dem rosa Pyjama, seinen Bruder liegen zu lassen und weiterzumachen, als wäre nichts geschehen; ohne einen Laut, durch bloßes Sitzenbleiben im elektrischen Stuhl, insistiert er, und Jerry muss drei Schritte näher treten und ihn von den Lederriemen befreien und hochheben und allein raustragen, während Bruce hinter ihm auf dem lavendelfarbenen

Velours zusammensinkt wie eine welkende und inzwischen eher schmutzige als hellblaue Seidenblume; erst als Diener, dann Nacht für Nacht deutlicher als Knecht trägt das rosafarbene Wesen ihn die Wendeltreppe hoch in den Himmelsraum, legt ihn vorsichtig, andächtig, nahezu ehrfürchtig auf den weißen Velours und schleppt danach sich selbst runter und kommt kurz darauf, und jede Nacht etwas später und langsamer und allzu menschlich stöhnend und schwitzend seinen immer schlafferen, süßlicher nach Verwesung riechenden Zwilling mitschleppend hoch und versucht erst, ihn dazu zu bringen, aufrecht zu sitzen wie immer, muss dann aber einfach aufgeben und den Bruder zusammensacken lassen, während er selbst, mit einem Geräusch, das wie stilles Schluchzen klingt, sein Geschlecht entblößt, das immer noch bleich ist, nun aber nicht mehr leuchtet wie etwas anderes als das, was es ist: eine blutgefüllte, erigierte Hautfalte mit diesem eklen Geruch von erstarrenden, aber immer noch leicht feuchten Sperma- und Fäkalienresten der vorigen Nächte.

Es ist nicht nur der Geruch. Die Zeit in der Wohnung vergeht jetzt auf vielerlei Weise. Das Leben, will sagen, der Tod, fängt an, Spuren zu hinterlassen, er zeigt sich. Bisher waren nicht bloß die Bewegungen der Brüder, ihr Timing und ihr Tonfall, sondern auch die

Wohnung selbst perfekt und jede Nacht dieselbe. Jetzt setzt sich der Staub nicht nur ab, er *wächst* geradezu. Staubmäuse, Büschel von verfilzten Haaren sammeln sich in Streifen entlang der Wände, auf der rechten Armlehne des elektrischen Stuhls liegt plötzlich ein Haar (wessen?), und über dem Stuhl, in dem perfekten Lichtkegel, der ihn betont, rotiert ein langsam wachsender Staubnebel; der lavendelfarbene Velours auf dem Boden verliert nach und nach seinen Glanz, von Tür zu Tür und an allen Stellen, wo ihre bislang spurlose Choreografie, der nächtliche Tanz, sich entlangbewegt hat, legen sich die feinen Velourshärchen flach, plötzlich kann er die Bewegungsmuster der Nacht sehen, vor allem in den kurzen Augenblicken, wenn er in dem lavendelfarbenen Zimmer allein ist, wenn sein Blick seinen präzisen Bahnen folgt, die jede Nacht dieselben sind, sieht er es, die Stellen, an denen die Brüder jede Nacht ihre Positionen in dem perfekten Dreieck einnehmen, das sie zusammen bilden, fallen immer mehr ins Auge, abgetreten, matt von den Absonderungen blasser Füße, Lebenswärme, Schweiß, Schuppen, Eiter, und dort, wo das Sushi in der ersten fatalen Nacht hingefallen ist, kleben die Velourshaare und fangen – oder nicht? – an, sich zu bewegen (das flimmernde Gewimmel von Milben am Rand des Gesichtsfelds)? Auf dem Spiegeltablett, das Jerry jede Nacht hereinträgt, sind die vier rohen

Fischzungen nicht mehr frisch; als ob jemand (wer?) in der von ihm nie erblickten und vielleicht nur in seiner Vorstellung existierenden Küche »dahinten« dächte, dass ja kein Anlass bestehe, sie jede Nacht neu zuzubereiten, wenn sie eh nie angerührt würden. An die Stelle des Idealen ist das Pragmatische getreten, und selbst die Brüder sind nicht mehr perfekt, der eine, natürlich, weil er krank ist, doch es ist nicht nur sein Leib, auch der hellblaue Pyjama kränkelt, knittert, die Schmutzränder breiten sich aus, und auch der rosarote Pyjama des anderen, noch gesunden Bruders hat plötzlich Flecken, als hätte er sich an dem seines Bruders angesteckt. Ihm wird klar, dass alle Räume und die Dinge in ihnen, auch die beiden schmächtigen bleichweißen Wesen selbst, ihre Leiber, Frisuren, Nägel, bisher von einer Nacht zur nächsten gesäubert, gewaschen, geschnitten, *in Form* gebracht wurden, für eine weitere Nacht. Das leuchtet ein, aber er *sieht* es erst jetzt. Als es nicht mehr geschieht. Wer hat bisher jeden Morgen, während er in der Küche saß und sein Frühstück einnahm, die glänzenden Seidenpyjamas gewaschen und gebügelt? Oder, denkt er, haben die Brüder jeden Abend in den Minuten vor Mitternacht je einen ganz neuen Pyjama angezogen? Vielleicht ist alles, denkt er, jede Kleinigkeit, die Birnen der Lampen, die sie anstrahlen, selbst die Lampen, ja, die ganze Wohnung, bisher jede Nacht mit einer ganz neuen Kopie der idealen ersetzt worden. Und die Brüder?, denkt er, das ist natürlich absurd, doch einen Augenblick lang denkt er den Gedanken: Wurden auch sie jede Nacht durch neue Kopien ersetzt? Kopien wovon? Von sich selbst. Denkt er. Und schüttelt den Kopf. Und bemerkt, indem die Tür sich öffnet und er den schwarzen Velours des Flurs betritt, dass etwas fehlt, was, kann er nicht unmittelbar sagen, aber er spürt es, den dunklen Strahl von Abwesenheit: Eine der haarfeinen Laserlichtsäulen, die wie ein glühendes Gitter in den engen Raum hinabragen, ist plötzlich weg. Sie wird nie, denkt er, nie wiederkommen.

Und plötzlich steht er wieder, jetzt zum zweiten und letzten Mal in seinem Leben, am Kai im Battery Park und schaut hinüber zur Freiheitsgöttin, die, als die Sonne die Wolkenmassen durchbricht, jäh aufflammt wie ein kleiner Junge, der der Mutter, die kein Mensch sehen kann, eine brennende Eiswaffel entgegenstreckt, oder der Läufer mit dem olympischen Feuer, der seit Anbeginn der Zeit unterwegs ist und noch weit vom Ziel entfernt auf einmal am Meer steht und nicht weiß, wie er weiterkommen soll, und im Wasser unter sich den anderen spiegelt, wen, ihn!, der hier seit zweitausend Jahren steht, gespannt wiegend, in Erwartung, worauf wissen wir nicht, das muss ein Zeichen sein, ein Signal, die Tür, die sich öffnet, damit er, der Läufer, loslaufen und die Welt und die Geschichte in Gang setzen kann.

Zu keiner Zeit während der Nächte seit dem ersten Hustenanfall haben die zwei Brüder etwas anderes gesagt als das, was sie immer sagen, weder zu ihm noch zueinander. Als der eine in der folgenden Nacht anfing, einem neuen Anfall entgegenzuzittern, griff der andere ein, er nahm das Tablett, er hob das Sushi auf, doch ohne dass der andere ihn darum gebeten hätte und ohne selbst seine Hilfe anzubieten. Er tat es einfach, beinahe reflexartig. Einige Nächte später tat er plötzlich, als wäre nichts, zynisch eigentlich, jedoch ohne ein *Zeichen* von Zynismus, keine Irritation, kein verächtlicher Seitenblick auf den versagenden Bruder, den Verräter. Und später, als der Kranke nicht mehr in der Lage war aufzustehen, zog der Bruder ihn anfangs hoch und schleppte ihn danach von einem Zimmer ins andere mit sich durch die Nacht. Doch ohne je etwas zu sagen oder sonst zu kommentieren, was geschah. Und auch der immer schwächlichere Kranke wandte sich zu keiner Zeit an seinen Bruder, nicht die geringste Klage, kein Bitten um Hilfe oder Mitleid. Als wären sie nicht in der Lage, sich einander zuzuwenden. Als wüssten sie schlicht nicht, dass es möglich ist, waren sie jeder für sich wie in ihrer eigenen Form gefangen. Die jetzt nicht mehr die ideale Lebensform war, weder des Androiden, der Maschine noch des Mönchs. Sondern nur die Einsamkeit. Und er fragte sich, ob die zwei Brüder wohl *nie im Leben* miteinander geredet oder sich nur mit einem Zeichen, einem Wink, einem Blick aneinander gewendet hatten, ob sie bisher bloß *funktioniert* hatten, nicht jeder für sich, sondern zusammen, als *ein* Körper, *ein* Bewusstsein. Eine Maschine. Ob es bisher gewissermaßen nie einen Unterschied gegeben hatte. Zwischen den beiden Brüdern. Bis jetzt, da er zufällig (zufällig?) gekommen war und er sie, indem er die beiden in der perfekten Bewegung durch die Nacht, in die sie ihn selbst hineingelassen und in der sie ihn – ohne ihn zu fragen – geschult hatten, plötzlich *erlöst* hatte. Als Menschen. Ja, aber damit auch voneinander getrennt, sie für immer ihrer jeweiligen Einsamkeit überlassen.

Du weißt nicht mehr, was du tust, denkt er, tu einfach das, von dem du nicht weißt, was es ist, tu's so präzise wie möglich, bis es Form annimmt und sich zeigt, sodass nicht nur du, sondern die Welt sehen kann, was es ist.

Am nächsten Morgen, als er in dem jetzt gleichsam ewig zarten und blendenden Winterlicht in der Küche am Tisch sitzt und sich, trotz des inzwischen allgemeinen Verfalls, der körperlichen Auflösung und des chemisch-süßlichen Geruchs von Krankheit, der auch hier in den Alltag sickert und die beiden sonst unvereinbaren Welten, die Nacht und den Tag, mit einer Art von Wollust verbindet, die ihn interessiert, trotz einer gewissen Übelkeit dazu zwingt, ruhig, genießerisch seine Morgenmahlzeit einzunehmen, betrachtet er wie gewöhnlich gleichsam abwesend das Bild mit den zwei Jungen, die sich zwischen ihren Eltern auf einer verschneiten Vorstadtstraße irgendwo in Minnesota, Minneapolis oder, warum nicht, denkt er, Pittsburgh an den Händen halten. Er betrachtet die zwei jungen Eltern, den Mann im Dufflecoat und die Frau mit dem sanften Lächeln und den halb geschlossenen Augen, mit je ihrem Kleinen an der Hand, und er stellt sich vor, wie diese zwei ganz gewöhnlichen Menschen schon als die Jungen noch ganz klein waren, vielleicht schon während sie noch gestillt wurden, die erste Dose, für den Anfang die neutralste, aufgemacht haben, Campbell's Tomato Soup, die nach und nach ergänzt wurde, erst mit den noch ganz milden und kinderfreundlichen Vegetable Soup, Mushroom Soup, Cream of Celery und, warum nicht, Cream of Asparagus Soup und erst etwas später, vielleicht erst, als die Jungen drei oder vier Jahre alt sind, den kräftigeren, Pepperpot Soup, Black

Bean Soup und Clam Chowder Soup, systematisch (oder im Gegenteil ganz zeittypisch, ohne drüber nachzudenken?) und ohne dass jemand, weder die Nachbarn noch die Schule, etwas Ungewöhnliches oder Beunruhigendes bemerkt hätte oder zumindest keinen Grund sah, einzugreifen (und warum sollten sie, Herrgott, es lag doch in der Zeit, in den frühen Sechzigern verzehrten doch jedes (amerikanische) Kind und seine Eltern Suppen von Campbell's, warum auch nicht, Campbell's-Suppen waren designt, alles abzudecken, die Campbell's-Suppen stellten (wie Warhol zeigte) die vollkommene Serie dar, die Grundlage für den oder die Ingredienzen des American Way of Life), haben sie diese zwei kleinen Jungen aus den geborenen Menschenkindern, die sie waren, in *Produkte* verwandelt, Produkte der Zeit, in der sie lebten, zwei Zeichen, die, als sie reif dazu waren, ihre Eltern verließen und sich (aus eigener Initiative?, auf Anregung oder Geheiß ihrer Eltern?) in dieser Wohnung einschlossen und jetzt weiß Gott wie viele Jahre ihr Leben lebten, das in gewisser Weise die Inkarnation des American Way of Life war, außerhalb der Zeit, hermetisch abgeschieden von der Außenwelt, wie was, dachte er, »canned human beings«? Mönche? oder Maschinen – das, was Warhol vergeblich zu werden träumte?

Er betrachtet die zwei kleinen Jungen, die auf der verschneiten Vorstadtstraße stehen und sich an den Händen halten, vertrauensvoll lächelnd (der eine etwas geniert), mit feinen Lachgrübchen und je ihren ersten zwei hervorlugenden Milchzähnen, die warmen weißen Wolljäckchen mit Reißverschlüssen und die winzigen, weichen Stiefelchen, die eigentlich keine Winterstiefel sind, nicht dafür gedacht, mit ihnen durch den Schnee zu stapfen, eher eine Art Baby-Basketballstiefel, die langen Wollklappen der Mützen, die um ihr kleines, molliges Kinn gebunden sind, mit je einer weißen Bommel, und er denkt an die Dosen des italienischen Künstlers Piero Manzoni mit *Merda d'artista*, Künstlerscheiße, ebenfalls von 1963, die nach dreißig oder vierzig Jahren hermetisch abgeschiedener Vollkommenheit plötzlich – vielleicht von allein, vielleicht unter dem Druck von irgendjemandes Blick oder bloßer Anwesenheit – anfingen, undicht zu werden, sodass der Inhalt, dieser Überrest des Menschlichen, der sich vielleicht vierzig Jahre, beinahe ein Menschenalter, vollkommen unverändert, von der Zeit unberührt, in einer hermetisch geschlossenen anderen Welt (der der Kunst) befunden hatte, langsam anfing hinauszusickern, in die Welt, in die Zeit, und sich mit ihr zu vermischen und sie, die Welt, die Zeit, mit Gestank zu erfüllen, nach Mensch und rasend schnellem Verfall.

In der folgenden Nacht, als er im elektrischen Stuhl sitzt, sieht er die beiden bleichen, schmächtigen Wesen plötzlich vor sich wie – nicht zwei karikaturhaft hysterische Schwule oder Androiden oder Mönche oder Maschinen, sondern – Ratten, weiße Ratten, gekleidet in rosa und hellblaue Seide; ihre albinobleichen, gleichsam durchsichtigen Finger sind Rattenkrallen, struppiges weißes Haar auf den mageren, hageren Rattenschädeln, ihr hysterisches Schwulenkreischen ist das fast unhörbare, hirnzerreißende Fiepen von Ratten, »it's sushi!«, fiept die rosarote, »oh, we didn't think of that, we just thought you were hungry.« »No«, sagt er. Für ein flüchtiges Jetzt fängt ihn des anderen Blick, und er sieht ins Leere. In der Nacht davor, oder vielleicht ist es schon eine Woche, mehrere, einen Monat, Millionen von Jahren her, sah er, wie sich eine Lücke in der Leere öffnete, ein Flehen um Kontakt, um Gnade, um Erlösung von der menschlichen Form, der Liturgie, die den rosa Zwilling von einem Selbst befreit hatte und ihn zwang, weiterzumachen, egal was. Am Rand des Gesichtsfelds, schräg unten auf dem lavendelfarbenen Velours, sieht er den Bruder, Bruce, jetzt nur ein zusammengesunkener, süßlich riechender Haufen schmutzigblauer Seide, und er sieht in die Augen des Lebenden, und plötzlich öffnet sich noch eine Lücke, im Flehen, von dem er geglaubt hatte, es sei etwas Allzumenschliches, und er sieht den schaurig albinoroten Glanz in den Augen der Ratte. »I'm not«, sagt er. »God, you look tired!«, fiept sie. »I haven't slept since I came to America«, murmelt er. Dann bückt sich das rosa Albinowesen und stellt das Tablett mit dem, was einmal Sushi war, aber jetzt ein fast durchsichtig blassweißes Gewimmel von Milben ist, auf den lavendelfarbenen Velours, tritt näher und nimmt einen Lederriemen und spannt ihn um sein Handgelenk, danach einen Fußriemen und zuletzt den breiten Gürtel, der seinen Rücken fest gegen den Stuhlrücken spannt. »Are you readyyy!«, fiept es, es kann nicht anders, das, von dem er geglaubt hatte, es sei eine Lebensform, eine neue Form menschlichen Seins, und in den letzten Nächten, nach dem Ausbruch der Krankheit, eine Willenshandlung, ist jetzt nur ein genetisch codierter Reflex. »Oh, come on«, murmelt er. Ein heftiger Schlag fährt ihm durch Gehirn, Lungen, Geschlecht und Arterien, ein blendender Blitz, Warhols *Car Crash,* das Bild von America, verschwindet, und sein eigenes Gesicht im Todesaugenblick erscheint für den Bruchteil einer Sekunde, und dann ist es weg. Die rosa Ratte fiept, flitzt durch den lavendelfarbenen Velours zu ihrem kranken Partner und versucht fiepend (außerstande zu verstehen, was geschehen ist, und *dass* es geschehen ist), ihn mitzuziehen, durch den widerspenstigen, klebrigen Teppich zum elektrischen Stuhl, ein *unbeschreiblicher* Gestank nach räudigem Pelz und rasch verrottendem Fleisch zu seinen Füßen. Dann lässt die rosa Ratte, immer noch fiepend, den hellblauen Rest los und kommt die Rücklehne des Stuhls hochgeflitzt, löst die drei Riemen und hebt ihn hoch, während sie fiepend versucht (mit den Zähnen), ihren vielleicht schon längst toten, aber unentbehrlichen, unersetzlichen Partner mitzuziehen, die Wendeltreppe hoch, in die Nacht hoch unter den Himmel, wo die Geschichte ihren Leichenzug weißer Wolken und flacher, kastenförmiger Limousinen über Manhattan, New York, bewegt, und legt ihn ab, in den weichen (schleimigen, teils verrotteten und modrig nach totem Rattenpelz riechenden) Velours. Er schließt die Augen und spürt, wie die eine (vorerst nur schwach chemisch krank riechende) Ratte (die rosarote) um ihn herumflitzt, über sein Gesicht, die harten, scharfen, klickenden Krallen, die ihn kratzen, die kleinen, spitzen Zähne, die an seiner Kleidung zerren und sie ihm vom Leib ziehen, bis er schließlich nackt daliegt. Er schlägt die Augen auf, und ganz am Rand des Gesichtsfelds, schräg hinter seinem Kopf, kann er sie gerade noch sehen, links die Hellblaue, jetzt ganz deutlich nur eine Leiche: schmutzigweißer Pelz ragt aus den Löchern in der hellblauen, von einer Art Ausfluss, bräunlichrosa Blut oder Schleim befleckten, gleichsam stumpfen Seide, hier und da steht ein spitzer Knochen hervor, vielleicht eine Rippe, in feucht glänzenden Öffnungen: Gewimmel. Rechts die andere, die Rosarote, aufgerichtet sitzend mit ihren roten Augen, die in der Nacht glühen und gleichsam den ganzen Raum, den grauweißen Velours, den Himmel über New York in einen krankrosa Schimmer tauchen, kein Morgenrot, eher eine Art Giftgas, wie nach einem Krieg, das lavendelfarbene Licht des Atomwinters.

Wer träumt nicht von Erlösung, die große Erzählung, einer werde auf die Welt kommen und sie sammeln, sie heimführen zu einem neuen Anfang? Was eigentlich geschah, als er in der Nacht nach seiner Ankunft in New York an der 412 West 25th Street klingelte und eintrat, weiß keiner. Es ist die Black Box der Geschichte. Aber es ist, als hätte er sich jahrelang, ein ganzes Leben, dort drin aufgehalten. Jedenfalls kommt er wieder und klingelt und geht jede Nacht, nicht nur während einiger weniger Wochen im Winter 1993, sondern ein ganzes Jahr, hoch in das hinein, was eben dort oben war, und verlässt erst endgültig das Gebäude, die Wohnung, die Nacht am letzten Morgen vor Weihnachten im Winter 1994. Beide Versionen sind wahr. Jeder Raum wird von seiner eigenen Zeit verzehrt. Es ist dem Mensch nicht gegeben, das Verhältnis von Raum und Zeit zu begreifen. Einstein verstand das, und seit Bohr wissen wir, es gibt etwas, was wir nie verstehen werden: der Mensch. Welle und Teilchen zugleich. Das ist er. »Schrödingers Ratte«: Man nimmt eine ganz gewöhnliche weiße Ratte und sperrt sie in eine Kiste (zusammen mit einem sogenannten instabilen Atomkern, einem Kern, der noch nicht zerfallen ist, doch falls er zerfällt, wird ein Giftgas freigesetzt, das die Ratte tötet). Die Kiste ist hermetisch geschlossen, es gibt jetzt keine Verbindung zwischen der Welt, in der wir uns befinden, und der Welt der Ratte in der Kiste, kein Licht, kein Laut, wir haben keine Möglichkeit, zu messen oder zu wissen, was sich *jetzt* in der Kiste befindet. Die Ratte ist dann gleichzeitig lebendig *und* tot. Und erst, wenn wir die Kiste öffnen und hineinsehen, ist sie entweder lebendig *oder* tot.

Und durch die Geschichte diese endlose Bewegung von Wolken, leuchtend weiße Limousinen im Korso über den Himmel jetzt und hier und damals in Dallas am 22. November 1962, ohne Vorwarnung und ohne einen Laut, kein Schuss, vielleicht nur ein Wimpernschlag, dann ist es vorbei, der Film ist gerissen, oder vielleicht ist die Birne in dem irgendwo da oben auf der anderen Seite der Leinwand versteckten Projektor geplatzt, im Jenseits, der Glühwendel durchgebrannt, zum ersten Mal sieht er sie, die banale weiße Leinwand der Decke, und das, was ein Himmelsraum gewesen ist, ist jetzt nur, was es die ganze Zeit war, ein zuoberst auf einem Gebäude irgendwo in New York platzierter, hermetisch geschlossener Sarg, der ganz schwache weiße Schimmer des Velours an Boden und Wänden, doch das wird eine Sinnestäuschung sein, der Nachhall des Lebens auf der Netzhaut, der langsam erstirbt, und was bleibt, ist das Dunkel.

Es besteht kein Zweifel, dass er nach New York kam, weil er sich berufen fühlte. Von wem? Von der Geschichte. Er wusste, dass er dort in New York etwas tun sollte. Was genau, wusste er nicht. Vielleicht hatte er keine Ahnung. Vielleicht suchte er einfach etwas, eine Spur, ein Zeichen, eine Öffnung, durch die er treten konnte. In die Geschichte.

Und im Dunkel, der Stille, er ist allein, sie sind weg (wer immer sie waren, diese bleichen, blondierten Wesen Rattenmenschen Maschinen oder Mönche), wie gewöhnlich, irgendwann ist er eingeschlafen, und dann haben sie sich aus ihm herausgezogen, ihn liegen lassen und sich leise davongeschlichen. Aber dann kommt es, wie unsichtbar ins Dunkel sickerndes Giftgas, wie aus dem Hohlraum unter dem

Boden, wo eine sterbende oder längst gestorbene Ratte langsam verwest, von irgendwo weit her – hinter Paneelen, den Wänden – hört er es, ganz leise, dieses Wimmern oder fast unhörbare Fiepen, plötzlich wimmelt das Dunkel, Tausende kleine, spitze Zähne und Krallen, über sein Geschlecht huschen sie, über die Bauchhaut, bauen ein Nest in den Armhöhlen, im Haar, nagen an seinen Brustwarzen, seinem Adamsapfel, den Lippen, kriechen in seine Nasenlöcher, er kriegt keine Luft, versucht aufzustehen, stößt gegen die Decke, die Wand, tastet sie ab, findet die Stelle und drückt die Tür auf, spürt die kühlere Luft aus dem Treppenschacht auf der Haut, er ist nackt, das ist völlig verrückt, er muss sich umdrehen und tritt ins Dunkel zurück, bückt sich und betastet den verschmutzten Velours, findet seine Sachen (oder was von ihnen übrig ist) und nimmt sie mit raus, taumelt ein paar Schritte, reißt sich zusammen, holt tief Luft … Dann geht er ruhiger, Stufe um Stufe die Wendeltreppe hinunter und bleibt wie immer auf dem untersten Absatz stehen und stützt die Hände auf die Knie und entleert sich der säuerlichen Reste von French Toast, Kaffee und Orangensaft des vorigen Morgens, wartet, bis die Treppe sich nicht mehr dreht. Dann zieht er sich in Ruhe an, öffnet die Tür und tritt hinaus ins Licht.

Alles war wie immer: In der Spüle stand die fettglänzende Bratpfanne (aber keine Teller), und auf dem Tisch in der zarten Wintersonne sein Teller mit dem French Toast, das Orangensaftglas, der Kaffee und die Flasche Heinz' Tomato Ketchup. Er zog den Stuhl vor und setzte sich, schloss die Augen und spürte das Licht in sich hineinrinnen und empfand plötzlich eine tiefe Dankbarkeit, wie ein Segen, dass sich die Brüder, oder jedenfalls der eine von ihnen, trotz allem, egal wie krank sein Bruder war, die Zeit genommen hatte, diese Mahlzeit für ihn zuzubereiten. Er öffnete die Augen und sah, wie zum letzten Mal, auf das Bild der zwei kleinen Jungen Hand in Hand miteinander und ihren Eltern, auf einer verschneiten Vorstadtstraße irgendwo in einer fernen Vorzeit, der Vater im Dufflecoat, die Mutter lächelnd mit halb geschlossenen Augen, ihr Bauch, der gegen den dunklen Wintermantel drückte, dass er sich wölbte (vor Leben, dachte er, noch ein Leben). Wo mochten die Eltern jetzt sein? Lebten sie noch? Warum hatte er nie daran gedacht? Er spürte, wie sich ein Abgrund auftat, eine tiefe Trauer oder vielleicht war es eine Sehnsucht, er musste sie finden, sie finden und ihnen danken. Wofür? Für das Leben. Er seufzte, nahm Gabel und Messer und betrachtete den French Toast. Er sah sonderbar leblos, aufgepustet aus, die geronnene Eimasse glänzte matt, wie eine Schale. Er senkte den

Kopf und schnupperte. Der Toast war kalt. Wie lange stand er schon hier? Eine halbe Stunde? Eine ganze? Hatte er verschlafen? War es lange her, dass sie gegangen waren? Wer? Die, die immer sein Frühstück zubereiteten. *Sie.* Wo zum Teufel waren sie? Waren sie noch hier, oder waren sie … irgendwo anders? Er drehte sich um. An der Tür, an den Rahmen gelehnt, stand seine Tasche, und auf ihr lag, säuberlich zusammengelegt, die rote Lederjacke. Wie immer. (Plötzlich hatte er das Gefühl, im Museum zu sein, in einem von diesen von einem Künstler der frühen Sechziger hinterlassenen Räumen, einer von Warhols Zeitgenossen, Rauschenberg, Kienholz, Roth, eine chaotische Werkstatt oder bloß eine Küche, als hätten sie dort jahrelang intensiv gearbeitet oder einfach dort gelebt, und dann plötzlich eines Morgens sind sie vom Tisch aufgestanden und gegangen. Aus dem Haus. Aus der Geschichte. Übrig bleiben die zufälligen Reste, ein ungegessener Toast, eine Tasse Kaffee, ein Glas Orangensaft, eine Flasche Heinz' Tomato Ketchup.) Er sah den Kaffee an, er dampfte nicht, die Oberfläche hatte einen matten, leicht metallischen Schimmer, als schwömme eine hauchdünne Schicht obenauf. Er nahm das Saftglas und hielt es gegen das Licht: zuoberst das wie immer fast farblos wässrige Gelb und ganz unten der Bodensatz aus Fruchtfleisch, der sich langsam drehte, schleimig, wie ein Sternennebel oder eher ein Klumpen Spucke. Wie lange stand es schon da? Stunden? Tage? Jahre? Plötzlich roch er es, nicht den behaglich warmen, leicht stickigen Alltagsgeruch der Küche, sondern diese völlig andere, chemische Süße, wenn man in einem Wartezimmer sitzt. Wo? Beim Arzt? Im Hospiz? Im Leichenhaus? Er drehte sich rasch um. Nichts, keine Ratten, die über den Boden huschten oder an Schranktüren hoch und über die Arbeitsplatte rechts neben der Spüle. Er legte das Besteck hin und stand auf und ging zur Tür, bückte sich, wie um seine Jacke aufzuheben. Er sah sie an. Sie lag vollkommen da wie immer. Vollkommen. Unantastbar. Sie gehörte zu einer anderen Welt, die nicht seine war. Einer anderen Zeit. Die nicht mehr verging. Die rote Lederjacke, die ihn die ganze Geschichte hindurch begleitet hatte, war nicht mehr seine Jacke, er musste sie einfach liegen lassen. Und weitermachen. Ohne sie. Er richtete sich auf und legte die Hand auf den Türgriff. Der Zettel war weg. Ein Gefühl von etwas Unwiderruflichem überwältigte ihn, er musste sie finden, die Eltern, ehe es zu spät war, sie finden und ihnen danken. Wofür? Für alles. Er drehte sich um und sah zur Tür, die dritte Tür, die Tür, die er *nie im Leben* geöffnet hatte. Vielleicht waren sie hier drin, die Verlorenen, all jene, die er rücksichtslos auf seinem zielstrebigen Weg durch die Geschichte zurückgelassen hatte. Vielleicht waren sie all die Jahre hier drin gewesen, eingesperrt von ihren eigenen Nachkommen, die sie zum Dank für eine glückliche (oder wenigstens ganz gewöhnliche) Kindheit in einer Vorstadt irgendwo im Norden mit in die Großstadt genommen und in ein Zimmer in einer Wohnung irgendwo in Manhattan, New York City, eingesperrt hatten, ein kleiner Raum ohne Fenster, nur eine Glühbirne an der Decke, kein Fernsehen, kein Telefon, keine Spur der *Zeit* außer der eigenen des Zimmers, der Körper, jedes Leben wird von seiner eigenen Zeit verzehrt, dachte er. Zweimal am Tag, morgens und abends, ging die Tür auf, und der eine oder der andere trägt das Tablett mit zwei Tellern und einer (aufgewärmten?) Dose Campbell's rein, Chicken with Rice Soup, Scotch Broth Soup, Beef Noodle, »Did a leak kill …«. Aber vielleicht war es nicht so einfach, dachte er, vielleicht waren die Eltern schon längst gestorben (woran, einem Autounfall? *Ambulance Disaster, Suicide? White Burning Car III?*) oder lebten immer noch ihr ganz gewöhnliches, durchschnittsamerikanisches Mittelklasseleben als Mr. and Mrs. Warhola in einer Vorstadt von Pittsburgh, ohne Kontakt zu den Söhnen, die sie verlassen hatten und in die Großstadt gezogen waren, wo sie ihre ganz eigene Version des amerikanischen Traums auslebten (genau wie ihre weißen Brüder und Schwestern in The Garage ein paar Straßen weiter in der Wooster Street), und jetzt war der eine oder der andere der Söhne also krank geworden und lag dort, hinter der dritten Tür, eingesperrt in den gemeinsamen Traum – wovon, »prosperity«, einer neuen Form menschlichen Seins jenseits der Regel, die Leere, in welcher die Zeit endlich ergriffen und zu Ende gebracht werden kann?

Er ging zur Tür und betrachtete sie. »Die dritte Tür«, dachte er. Was hatte das zu bedeuten? Es war eine ganz gewöhnliche, etwas verschrammte Tür, wie man sie sicher in einer Menge älterer Küchen oder »lofts« in Chelsea, Greenwich Village oder der Lower East Side findet. Er legte das Ohr an die Tür und lauschte. Vielleicht lag er da drinnen, der Kranke, die zwei an die Wand gelehnten Kissen im Rücken, in seinem zerknitterten, glanzlosen Pyjama, die Schienbeine und Knöchel schmächtig, die Füße aufgedunsen, blaugrau, die Hände ebenfalls, wie sie auf dem Laken ruhen neben den Hüften, deren Knochen sich deutlich durch den Pyjama abzeichnen, der leuchtende Schädel, wie mit Pergament überzogen, gelblich, mit nur wenigen Strähnchen weißem Haar, wie nach einer schweren Chemotherapie, der Mund leicht geöffnet, trockene, rissige Lippen, ausdruckslos, die viel zu großen, blanken Augen, der rote Albinoglanz der Pupillen.

»At the bottom of the darkness there is a hole«, dachte er, »that's where the darkness comes in. And that is the only way out.«

Er dreht sich um und wirft einen letzten Blick auf das Ganze, den Tisch, auf dem noch die Flasche Heinz' Tomato Ketchup, die Kaffeetasse, das Glas Orangensaft und der Teller mit dem French Toast stehen, unangetastet, *auf ewig,* an der Wand die kleine Schwarz-Weiß-Fotografie von zwei kleinen Jungen und ihren Eltern, die sich an den Händen halten, auf einer verschneiten Vorstadtstraße, im Hintergrund ein hellblauer Saab, drei kahle Telefonmasten, der grauweiße Himmel, *auf ewig.* Dann drückt er die Klinke runter und tritt ein und hört, wie die Tür sich hinter ihm mit einem sanften, beinah zärtlichen Seufzer schließt.

Er steht in dem Flur (oder ist es eine Kopie?), durch den er damals in der ersten Nacht die Wohnung betreten hat: die Wände mit schwarzem Velours verkleidet, zehn, zwanzig Laserstrahlen stechen wie Nadeln durch das Dunkel nach unten. An der Stirnwand, nur einen halben Meter vor ihm, von einem einzelnen Spot beleuchtet, hängt ein Bild von Andy Warhol, keines seiner späten Selbstporträts, weder *The Shadow, Self-Portrait II* (die eine Hälfte des Gesichts mit Dunkel übermalt und nur ein, leuchtendes,

Auge) oder *Self-Portrait with Scull,* sondern das Porträt des Fotografen Robert Mapplethorpe aus dem Jahr 1986, dem Jahr vor Warhols und drei Jahre vor Mapplethorpes eigenem Tod, an AIDS, im März 1989. Ganz schlicht, wie ein Passfoto. Doch die Gesichtszüge sind nicht (oder nicht nur) die von Warhol. Sondern (auch) seine. Er legt die Hand auf das Gesicht und drückt, und die Wand öffnet sich, und er tritt hinaus auf die Treppe, die er viele Wochen oder Monate lang jede Nacht hinaufgestiegen, aber nie im Leben hinuntergegangen ist. Bis jetzt.

Als er runter auf die Straße kommt, ist es schon spät, das Licht dämmrig, metallisch, weiß. Er geht auf der West 25th Street nach Osten, und er spürt es, wie die Zeit sich zusammenzieht und endet, es wird immer weniger Zeit, nach vorn wie auch nach hinten, bald bleibt nur der Augenblick, und dann wird auch er nicht mehr sein. Er geht auf der Avenue of the Americas nach Süden, über die West 14th, Houston und dann wieder nach Osten auf der Broome Street nach Soho, die schmaleren Straßen hier, das Licht, das gleichsam zerstäubt und stirbt.

Als er in The Garage die Treppe hochgeht, am Büro vorbei und in den Saal, sagt keiner Hallo, auch hier zieht sich die Zeit schon zusammen, da ist nur dieses schwache, sanfte schwarz-weiße Flimmern oder Zittern der Monitore, die leisen Stimmen, Murmeln, Small Talk, das Geräusch von Schritten über das Bühnenpodest aus einer »show« von 1975. Anscheinend ohne dass ihn jemand bemerkt, geht er unten die Bühnenplattform entlang in die schmale Passage vor der Rückwand und stellt sich an seinen Platz. Schwer zu sagen, woran es liegt, entweder hat sie in seiner Abwesenheit den Techniker gebeten, den Scheinwerfer zu justieren, nur einen Hauch, »no more than a millimeter«, oder auch er hat sich an diesem Tag (dem letzten, aber das weiß er nicht) den einen Millimeter weiter vor gestellt, der bewirkt, dass er plötzlich nicht sehen kann: Ist das Willem da vorn, auf der anderen Seite der Plattform, im Zwischenraum vor der ersten Reihe? Sie, Liz, redet. Sie fragt, warum er zurückgekommen ist. Was meint sie? »You think he's still Jesus?«, fragt sie. Aber vielleicht ist es keine Frage. Sie versucht es noch mal: »You still think he's Jesus?« Ein verteufelt großer Unterschied. Vielleicht hat er sich verhört. »He's just another human being«, sagt sie, »a human being looking like an ape.« Von wem redet sie? Dem Erlöser? Ihrem Geliebten? Dem Vater ihres Sohnes? Den sie plötzlich, endlich hassen darf? Der sie bald verlassen wird. Und sie zurücklassen wie eine bittere, vertrocknete Frucht, eine Frau mittleren Alters, die kein Leben mehr in sich tragen kann (sondern nur sich selbst wiederholen, same show, new title, *Who's your Dada, Vieux Carré, A Pink Chair (In Place of a Fake Antique)).* »So why have you come back?« Noch hat er nichts gesagt, kein Wort, nicht seit dem Augenblick in Perm. Jetzt macht er eine kleine Bewegung, eine Kopfdrehung nur (nichts, was irgendwer bemerkt, nur sie, vielleicht) und sieht ihr in die Augen. Es gibt keinen Zweifel. Sie wünscht ihm den Tod.

Als er das Gebäude in der Wooster Street verlässt (zum letzten Mal, und *jetzt* weiß er es), geht er an The Gourmet Garage vorbei, als hätte sie nie existiert, als wäre da nur eine große, dunkle Silhouette links am Rand des Gesichtsfelds, ein kompaktes schwarzes Loch im Universum der Stadt, und mit leeren Händen, ausgezehrt und gleichsam schwerelos weiter durch Soho, nach rechts auf der dunkleren Broome, oder vielleicht ist es Spring Street, und hinein ins vulgäre Licht des Broadway, er überquert die Straße, und wie gewöhnlich tritt im selben Moment Peyton aus einem Dean & DeLuca und geht jetzt an seiner Seite, wie immer, nie zuvor und nie danach, die Straße glitzert, Weihnachtsschmuck, Menschengewühl, die gelben Taxis, eine vollkommene Kopie der Vorstellung von Soho, New York City, an einem frühen Abend vor Weihnachten am Ende des zwanzigsten Jahrhunderts, er sagt nichts, sie sagt, das wär's, sie müsse nur kurz nach Hause und packen – »it's not take-away«, sagt sie und hebt eine exklusiv glitzernde Tüte von Dean & DeLuca hoch, nur eine Schachtel Pralinen, »for my mum«, sagt sie, »she's turning seventy on January 5th« – und gleich wieder zur Tür raus und mit dem N oder R zur Penn Station und den Abendzug nach Pittsburgh erwischen (»yeah, I know«, sagt sie, »everybody just thinks of Warhol, Pittsburgh that's Warhol, but I actually grew up there«). Sie lächelt und sieht ihn an, »don't you ever sleep?«, sagt sie, »where do you spend the nights?« Er antwortet nicht. »You haven't eaten, have you?«, sagt sie, »you look like … I don't know, something slowly fading, into … Jesus!«, sagt sie, »come on!«, und nimmt seine Hand …

»Here«, sagt sie, als sie in dem einen schmalen, tiefen, sargförmigen Raum der Wohnung vor ihm steht, mit der gepackten Tasche und der Tüte Pralinen von Dean & DeLuca in der einen Hand, »these are the keys«, und drückt ihm die Schlüssel in die Hand, »stay here as long as you want«, sagt sie, »seven days, seven nights, weeks, years …«, »till death do us part«, sagt er, und sie lächelt und stellt Tasche und Tüte ab und legt die Hände um sein Gesicht und küsst ihn, lange, tief, und sieht ihn an. »You look like Willem«, sagt sie, »Willem before Christ.« Sie lacht und küsst ihn noch einmal und sagt, dass diesmal sie ihn verlässt, »only to be able to return«, sagt sie, »New Year's Day in the early evening«, auf dass alles, sagt sie, das Leben, sagt sie, endlich anfangen kann.

Als sie gegangen ist, steht er eine Weile an dem großen Fenster und sieht auf die Straße hinunter, der Kopf des dunkelroten Hydranten an der Bordsteinkante mit einer Kappe aus Schnee, auf der anderen Straßenseite ein noch schmaleres vierstöckiges Haus, das Erdgeschoss blau gestrichen, wie ein Puppenhaus oder der Traum von der endlosen Kindheit, im Keller ist ein Tattooshop, im Fenster hängt ein Plakat, Andy Warhols *Shot Marilyn* oder vielleicht ein *pissings,* er kann sich nicht recht entscheiden. Er dreht sich um und betrachtet die Wohnung, die jetzt seine ist, ein einziges Zimmer, das sich von der Straße zum Hof durch das Gebäude zieht wie ein langer weißer Sarg oder ein Zugwaggon auf der Fahrt durch die Zeit. (Hier sollte es also enden, dachte er, keine Begebenheit, keine kollektive Bewegung hin zu einer neuen Form menschlichen Seins, sondern die Heimkehr, denkt er, »the homecoming«.) Er dreht die Hähne auf, sieht das Wasser in die alte, große weiße Porzellanwanne mit Kalkrändern von Jahrmillionen strömen, den Dampf, der aufwallt und sich fett und trächtig über den Rand wälzt, die Seiten hinabfließt und am

Boden verbreitet. Dann zieht er sich aus, steigt in die Wanne und lässt sich hinabsinken, schließt die Augen und verschwindet aus der Geschichte.

Was wir von den Menendez-Brüdern wissen, ist, dass sie sich im Sommer 1989 – zu dem Zeitpunkt waren sie längst erwachsen, wohnten aber aus irgendeinem Grund immer noch zu Hause bei ihren Eltern – eines Abends, als die Eltern müde waren und beschlossen hatten, früh ins Bett zu gehen, ihr Auto liehen und in die Stadt fuhren. Doch schon um zehn Uhr kehrten sie zurück und gingen wie immer hoch zum Schlafzimmer ihrer Eltern, um kurz Gute Nacht zu sagen. Der Vater schlief bereits fest, weswegen der eine Bruder ihn weckte, der Vater hob den Kopf und sah ihn schlaftrunken an, und der andere Bruder schoss ihm mit seinem Mossberg-Kaliber-12-Gewehr in den Hinterkopf. Die Mutter, Kitty, wachte auf, sprang aus dem Bett und rannte in den Flur, kam aber nicht weit, da der andere Bruder ihr mit seinem Gewehr ins Bein schoss. Sie rutschte in ihrem eigenen Blut aus und fiel hin, und gemeinsam schossen die beiden Brüder unzählige Male auf sie, in den Arm, die Brust, ins Gesicht, schossen und schossen, bis keiner, nicht mal sie selbst, mehr erkennen konnte, dass sie (je) ihre Mutter (gewesen) war. Zuletzt schossen sie beiden Eltern sicherheits- oder bloß anscheinshalber in die Kniescheiben und gingen danach ins Kino, um den neuen *Batman*-Film zu sehen, aber da er ausverkauft war, sahen sie stattdessen *License to kill,* der seit ein paar Wochen in den Kinos lief. Als der Film zu Ende ist, fahren sie nach Hause und schleichen sich wie gewöhnlich nach oben, um kurz Gute Nacht zu sagen, und finden ihre Eltern jeweils im Flur und im Schlafzimmer tot, beide mehrere Male in Kopf und Beine geschossen, und der eine der Brüder wählt sofort den Notruf und schluchzt, »jemand hat meine Eltern umgebracht« (»somebody killed my parents«). Nach der Beerdigung können die Brüder endlich zu Hause ausziehen. Sie mieten eine Wohnung in einem fancy Viertel und geben den Großteil des Erbes rasch für exklusive Mode, Möbel, Fitness und Kunst aus. Vor dem Tod der Eltern hatten sie in Princeton studiert – Business Management, Kunstgeschichte, so was in der Art –, waren aber nach Plagiatsvorwürfen der Universität verwiesen worden. Ursprünglich waren beide dunkelhaarig, hätten sich aber natürlich die Haare blond färben lassen können, und die roten Augen könnten farbigen Kontaktlinsen geschuldet sein. Sie wurden in New York City geboren, aber noch als sie Babys waren, zog die Familie nach – nicht Minneapolis, Minnesota oder Pittsburgh, nein – New Jersey, genau auf die andere Seite des Hudson River, wo die Jungen aufwuchsen. Problematischer ist jedoch:

Nichts deutet darauf hin, dass sie je nach New York zurückgekehrt wären.

Als er aufwacht, ist das Wasser kalt. Wie lang hat er gelegen, eine Stunde, einen Tag, ein Jahrhundert? Er steigt aus dem Wasser, eiskalt und brennend zugleich, wie eine Leiche, denkt er, und trocknet sich mit einem großen rosa Handtuch ab, das nach Apfelshampoo riecht und auch ein wenig nach Schweiß und dem Geschlecht, das nicht seins ist, und zieht sich an, die schwarzen Jeans, den schwarzen Rollkragenpulli, die schwarzen Schuhe, er hat nichts anderes. Er nimmt die Schlüssel von dem runden Tisch und steckt sie in die Hosentasche und schlägt die Tür hinter sich zu. Es ist Heiligabend, nur eine Stunde vor Mitternacht, die Straße ist voller Leben, voller Bewegung und Licht, doch eine ganz andere, ein ganz anderes als je zuvor, ruhiger, gedämpft (keine Sirenen in diesem himmlischen Jetzt), von Erwartung erfüllt. Er kommt an St. Mark's Church vorbei und geht auf dem Broadway nach Norden zu The Strand, aber der Buchladen hat geschlossen. Das muss ein Zeichen sein, denkt er, aber wofür? Er lehnt die Stirn an die Schaufensterscheibe, sie ist kalt, er fühlt sich außen vor, und das ist er, durch die Scheibe, in dem sonderbar posthumanen Dunkel, das aus der Tiefe des Geschäftes wächst, kann er gerade noch (meint er) den Stapel mit den zwei Büchern erahnen, den schwach glitzernden Silberschimmer von *The Andy Warhol Diaries* und daneben oder vielleicht darunter, unsichtbar, er muss es sich vorstellen, *Höchste Armut,* das Buch über den Versuch der Mittelaltermönche, sich einer anderen Form von Leben anzunähern und schließlich mit ihr eins zu werden, die jetzt unerreichbar scheint, die Tür ist verschlossen, das Licht ausgeschaltet, und es ist *keine Menschenseele* da drinnen. Es war alles nur eine Illusion, denkt er, Blendwerk, die Geschichte kann nicht beendet oder abgeschlossen werden, sie hat noch gar nicht begonnen. Er friert, er muss gehen, er folgt weiter dem Broadway nach Norden, über Union Square und nach Westen auf der 23rd Street, es sind immer noch Unmengen von Menschen auf der Welt, das Leben geht weiter, als wäre nichts geschehen, aber stände nahe bevor, viele haben sich an diesem Abend besonders fein gemacht, Familienväter in dunklen Anzügen, Krawatte und langen, vorn offenen dunkleren Mänteln, die Frauen mit hochgestecktem Haar, leicht wehenden Röcken und Nylonstrümpfen in den leuchtenden hochhackigen Schuhen, und die kleinen Mädchen mit Faltenröckchen, Rüschenblusen, Jäckchen, rot, weiß, dunkelgrün und blau, viele mit einer Seidenschleife im Haar, das dunkelblonde, weich gelockte Haar, die weiße Schleife, kleine Familien und ein wenig größere mit Großeltern, Tanten, Cousinen, sanft und selig steigen sie aus gelben Taxis und Limousinen oder spazieren auf den Gehsteigen zu den Kirchen, an denen er vorbeikommt, allesamt mit sperrangelweit offenen Toren und aus der Tiefe weiches, flackerndes, wiegendes Kandelaberlicht, irgendwo singt ein Chor, Männer und Frauen, kein Gospel hier in Midtown Manhattan, die beherrschte Sehnsucht, Hoffnung des weißen Mannes, was wissen wir schon, er geht weiter auf der Ninth Avenue nach Norden und gleich wieder nach links in die West 25th Street, und zwei Minuten nach Mitternacht klingelt er bei Nummer 412, einem dunklen, anonymen Backsteingebäude mit fünf, vielleicht sieben Etagen auf der linken Straßenseite, wartet einen Augenblick, und dann geht er hinein.

Niemand weiß, was danach geschieht, es ist die Black Box der Geschichte. Tief in der Nacht, oder vielleicht vergehen nur ein paar Minuten, kommt er raus, jetzt mit einem kleinen Rucksack und der roten Lederjacke, die er nicht anhat, sondern lässig an zwei Fingern über der Schulter trägt. An der Ecke Tenth Avenue wirft er den Rucksack in einen Müllcontainer und geht weiter nach Süden und dann wieder nach Westen auf der 21st Street die letzten hundert Meter zur Ecke Eleventh Avenue. Die schwere Eisentür zur »Zone DK« steht offen, nicht »sperrangelweit« wie die Kirchentore auf seinem Weg von unten von East Village hierher, doch das Gefühl von Sog und Schwelle und Eintreten in eine andere Welt von Ritualen und Hoffnung auf mögliches Heil oder Erlösung ist dasselbe, von allen Seiten kommen die Menschen, keine Familien, fast nur Männer hier, ein gelbes Taxi hält an, eine Vierergruppe steigt aus, einer bückt sich und legt eine geleerte Champagnerflasche in den Rinnstein, sein Cottoncoat streift den glänzenden Asphalt, dann gehen sie hinein. Er betrachtet eine Weile die beiden Türsteher – Zwillinge oder bloß des anderen Spiegelbild, wie Figuren in einem Wappenschild stehen sie breitbeinig an je ihrer Seite des Eingangs in langen Kosakenmänteln, die ihn an Moskau im Winter 1992 erinnern, ein Nachtclub im Erdgeschoss eines zwanzig- oder dreißigstöckigen Hochhauses, anonym auf eine Art, die hier undenkbar ist, denkt er, derselbe Traum von Maskulinität, von Macht, Gewalt und Potenz, doch hier sind sie nicht kahlrasiert und ausdruckslos und halten keine Kalaschnikow im Doppelgriff vor der Brust, dafür langes, streng zu Pferdeschwänzen gebundenes Haar, mit Kohle nachgezogene Augen und Halsbänder aus schimmernd schwarzem Velours mit silbernen Pyramidennieten um die prall pulsierenden Hälse. Also worauf wartet er noch, hat er jemals in der Geschichte auch nur eine Sekunde gezögert? Er reicht seine rote Lederjacke einem zufälligen (zufälligen?) Obdachlosen, der auf einem plattgetrampelten Pappkarton an der Mauer links neben den dicken Seilen sitzt, die vom Eingang über den Gehsteig zur Straße führen, ein junger Typ, schwarz natürlich, mit einem speckigen Styroporbecher in der Hand und einem abgerissenen Pappschild an einer Schnur um den Hals, HUNGRY AND HOMELESS … PLEASE HELP ME, »God bless you«, und dann geht er hinein.

Erst ist da nur ein langer dunkler Gang, doch das ist nicht The Zone, das ist der Weg dorthin, an der Garderobe vorbei, dann öffnet sich die zweite Tür in einen großen Raum, kein gotisches Kirchenschiff, bloß eine alte Fabrikhalle, ein stillgelegter Bahnhof, vielleicht ein Elektrizitätswerk vom Ende des vorigen Jahrhunderts oder noch eine Garage, schwarz gestrichen auch sie, ganz weit links eine Bar und hinterm Tresen junge, muskulöse Frauen in engen weißen Tops vor einer beleuchteten milchweißen Glaswand, davor das tiefe Farbreflexspiel in den Flaschen und in ihnen eine konstante Bewegung bodygebuildeter Typen, garantiert aus Queens, nackte Oberkörper schwellen aus Jeans mit breiten Gürteln oder Trägern, andere in Ledermontur und Truckercaps, wieder andere in Militäruniformen, mit Mützen und

Stalinschnauzern, eine Neuinszenierung der fatalen Achtziger, denkt er, keine Stühle oder Tische, dafür zwei Stellen in der Halle von je einem Spot betont: runde, ein Meter hohe Bühnen, die eine leer bis auf eine lange, spiralförmig geschlungene Eisenkette, die lotrecht ins Dunkel hochsteigt, auf der anderen ein schwarzes Holzgestell mit einem metallenen Spinnennetz, im Netz hängt ein bleicher Typ, nackt (seine Sachen, darunter eine schwarze Lederjacke mit Kegelnieten, liegen auf einem Haufen am Rand des Podests), und wartet, dass sich einer dazu aufrafft, die neunschwänzige Katze vom Boden unter dem Spinnennetz aufzuheben und ihn zu peitschen, zu peitschen, und er denkt, dass der Typ im Spinnennetz und all die übrigen, in Gruppen verteilt an der Bar oder einsam quer durch die Halle cruisend, im Gegensatz zu den Performern in der anderen Garage ganz offensichtlich jeder kleinen Handlung eine Bedeutung in dem kleinen Jetzt & Hier, das ihr Leben ist, beimessen, eine Bedeutung, die sie völlig in Bann schlägt und ihr Potenzial, das spezifisch Menschliche, die Möglichkeit, die Welt zu *schaffen,* in der Nacht und StoßZeit von Mikrohistorien in der Stadt New York verloren gehen lässt, und dass die Wohnung der Brüder nicht eine andere Welt in dieser Welt war, sondern ein Sichzusammenziehen der Zeit in einen ausdehnungslosen Punkt. Von der Mauer im entlegensten Teil der Halle schießt eine schwarz gestrichene, drei, vier Meter hohe Wand ins Offene, mittig draufprojiziert ein Film ohne Ton, aber in Farbe: ein rostiges Drahtgitter und dahinter abgeplatzte Betonwände, eine kobaltblaue Massagebank, zwei blondierte, nein, nicht bleiche, im Gegenteil: sonnenbankgebräunte, bodygebuildete Typen (aus einer anderen Welt und einem anderen Licht, denkt er, California, Malibu Beach), beide in G-Strings, mit strammen Pobacken und einer pulsierenden Beule hinter dem strahlend weißen Stoffdreieck im rasierten Schritt, und zuunterst, unter den kantigen Wadenmuskeln, weiße Tennissocken in weißen Tennisschuhen, der eine kniet hin und klappt sich das sofort prall pochende Glied des anderen in den Mund, der andere (noch Stehende) schließt die Augen und öffnet den seinigen, aber ohne einen Laut, und er denkt, die Zeit ist nicht nah, sie ist »in meinen Händen«, und dass die zwei blondierten Wesen an der Wand, die nichts sind als Licht aus einer anderen Welt, die doch ein und dieselbe ist, und der einsame Typ im Spinnennetz und die restlichen Männer in der Halle und die Menschen in den Straßen ringsum, in dieser Stadt und auf diesem Kontinent, den er bislang nur und auf ewig am Rand beschreitet, dass sie (außer Willem (und vielleicht Valk) und den zwei Brüdern, die nicht mehr sind) sich alle irren, es gibt nicht länger ein Als-Ob, keine Fiktion und keine Geschichte, nur das bloße, entblößte Sein in der Zeit, die noch bleibt, und dass er selbst keine Bestimmung hat, ein Mensch-als-ob-nicht-ein-Mensch, vielleicht nur ein Zeichen, das unablässig entsteht, ohne je irgendwer oder irgendetwas zu werden, das Unentscheidbare ( ) zwischen Erfahrung und Bild, das keiner je sehen wird, und er folgt der Wand nach links, bis sie aufhört, dann geht er hinüber auf die andere Seite.

Da ist sie: The Zone. Ein schlichtes, schwarz gestrichenes Gebäude oder eher bloß ein schmaler Korridor oder Tunnel ohne Decke mit je einer Öffnung an den Enden der einen Längsseite, einfach, minimalistisch wie eine Donald-Judd-Skulptur, jedoch ohne deren Anspruch auf Sublimität, keine Transzendenz, kein Jenseits, bloß ein banales, schwarz angestrichenes Hier&Jetzt.

Er betrachtet sie eine Weile, unbeleuchtet, dem Anschein nach unbemerkt, hier ist kein Mensch, die ganze Halle, der Block um ihn herum vibriert von dem quadratischen Puls der Hard-House-Musik. Dann tritt er durch die Öffnung ins Dunkel und durchstreift sie, die Welt nach der Apokalypse, entleert, steril, ein schwarzer Tunnel, aus dem er am anderen Ende nach nur zehn Schritten hinaustritt und sich zu ihm umdreht, wieder steht er nur da und starrt, als wäre sie ein Rätsel, was sie nicht ist, sie ist einfach, hier, übrig gelassen, ein Relikt aus einer anderen Zeit, vergessen im Halbdunkel hinter einer Wand.

Dann macht er es wieder. Zum zweiten Mal. Tritt ins Dunkel. Und wartet. Ohne zu warten. Ohne Erwartung. Und auf einmal, und ohne dass ein Gerücht die Runde gemacht zu haben scheint, eher als Effekt eines kollektiven Bewusstseins, und ohne dass er sie kommen hört, ohne zu merken, dass es geschieht, ist es geschehen, der Korridor ist zum Bersten voll mit Leben, eine dicht gedrängte Masse Menschenleiber bereits in Ekstase, delirisch, fiebrig schwitzend, stöhnend, plötzliche, jäh erstickte Schreie, die dem Dunkel entschlüpfen, der Niemand, der er war, ist reingemanscht, fucked up von und in der Masse schwitzender Körper, die keine Körper mehr sind, sondern nur schleimige Materie, die manscht und vermanscht wird, Glieder, die in Öffnungen eindringen, die gefüllt werden und bersten und sich erbrechen und spritzen und ausscheiden, Schweiß, Speichel, Urin, Sperma, Erbrochenes, Fäkalien, Blut, und dann ein letzter Rest, der aus The Zone geschleudert wird, auf den Boden ins Streulicht der Bühne, glitzernd und immer noch atmend, und sich langsam zusammenzieht und zu einem Mensch-als-ob-nicht-ein-Mensch formt, der die Augen aufschlägt und über sich den Rest der Menschheit aus The Zone kommen sieht, wie Samen triefend, erloschen, mit postekstatisch leuchtenden Augen, jedes Leben im Rausch seiner Einsamkeit, keine jovialen Sprüche wie bei Männern, die aus der Sauna kommen, dies ist die Welt jenseits der Sprache, nicht mehr das zwanzigste Jahrhundert, nicht die leichtsinnigen Achtziger, sondern die Nachzeit, die auf völlig andere Weise leicht sinnlose Zeit, die auf die Geschichte folgte, die Zeit, die von alleine verrinnt, die Zeit, in der die Menschen freiwillig den Tod aus dem Dunkel hinaus ins Streulicht des Spots über der halb hinter der Wand verborgenen Bühne mit ihrem leuchtenden Spinnennetz tragen, die jetzt leer ist, die neunschwänzige Katze schlängelt sich schlaff über das Podest, er ist alleine übrig, er steht auf und geht auf die andere Seite und durch die Tür in das blendende Licht der Toiletten und sieht in den Spiegel, und da ist wirklich niemand zu sehen.

Die nächsten sieben Tage oder die Tage zwischen Weihnachten und Neujahr 1993/94 oder 1994/95 verbringt er alleine in ihrer Wohnung in der 419 East 9th Street, schläft (wie ein Kind) in ihre Abwesenheit gewickelt, die Arme um die Knie geschlungen, erwacht in der Abenddämmerung, dreht die Hähne auf, füllt die Wanne, steigt hinein und liegt den Großteil des Abends im Wasser, das sein sich wiegendes Gesicht im Schein der Straßenlaterne spiegelt, bis er endlich aufsteht und sich an dem rosa Handtuch mit den etwas dunkleren, aber nicht lavendelfarbenen Rosen und dem Geruch des Geschlechts, das nicht seins ist, abtrocknet, zieht sich an und steht eine Weile am Fenster, die Stirn an die Scheibe gelehnt, und sieht auf die East 9th Street runter, ein geparkter hellblauer Chrysler und im Keller auf der anderen Straßenseite der Tattooshop, der jetzt geschlossen hat, »Holidays / Closed« steht auf einem Schild hinter der Scheibe, neben dem Plakat, bei dem er immer noch schwankt, ob es das schwarz-weiße *Crowd* aus dem Jahr 1963 ist, Hunderte, Tausende von Menschen, schlicht die Menschheit, dicht zusammengedrängt in einem Rechteck, umgeben von einem schmutzig weißen Leerraum, rechteckig auch er, es gibt nichts anderes, keine Welt, oder: sie sind alles, was es gibt, die Menschheit = die Welt. Er isst nichts mehr, es gibt nichts (der Kühlschrank ist leer, bis auf eine sehr alte Flasche Heinz' Tomato Ketchup im untersten Fach, mit einem Streifen geronnenem Dunkelrot innen am Flaschenboden, die Schokolade von Dean & DeLuca hat sie mitgenommen, als sie ging), trinkt nur ein Glas Wasser, oder zwei, eins morgens, eins abends, das ist alles, eine Stunde vor Mitternacht zieht er die schwarzen Schuhe an, steckt die Schlüssel in die Tasche und geht raus.

Er wandert auf der 9th und dann der 10th Street nach Westen und den Broadway entlang nach Norden, versucht, sich so präzise wie möglich zu wiederholen; als sein eigener Nachfolger, Novize oder Wiedergänger geht er an The Strand vorbei, das am dritten Weihnachtsfeiertag wieder geöffnet hat, ihm aber nichts mehr sagt, über den Union Square und nach Westen auf der 23rd zur Ninth Avenue, ein paar Hundert Meter nach Norden und dann durch die 25th wieder nach Westen, vorbei an Nummer 412, doch ohne hochzusehen, das muss der Schritt weiter sein, denkt er, wohin, dem entgegen, von dem er nicht weiß, was es ist, in The Zone.

Und wenn es ihn als einen letzten Rest rausschleudert und er langsam zu etwas kommt, von dem noch keiner weiß, was es ist, aber sich, bestimmt aus alter Gewohnheit, nur weil es denkt, als »sich« denkt, oder vielleicht erst viel später, wenn er geschlafen hat und aufgewacht und in die Wanne gestiegen ist und im Wasser liegt und durch die Dämpfe hoch zu der weißen Decke mit den großen braunrandigen Flecken von einem Wasserschaden irgendwann im zwanzigsten Jahrhundert sieht, wird ihm klar, dass er drinnen in The Zone nichts gedacht hat, auch nicht einen Gedanken, es war unmöglich, es gab keinen Platz, die Körper waren so dicht aneinandergedrängt, dass es keinen Unterschied mehr gab, der hätte denken und jemand sein können, und während den Mittelaltermönchen im Kloster keine Wahl blieb, als ihr In-der-Welt-Sein zu liturgisieren und ihre eventuellen eigenen Gedanken in ein endloses, unpersönliches Gebet zu verwandeln, um sich selbst zu entkommen und niemand und reine Lebensform zu werden, war das in The Zone nicht nötig, denn in ihr ist kein Platz zum Denken, wenn The Zone schier vor Körpern birst, ist da niemand, und ihm wird klar, dass er dort drin außerstande ist, jemand Anderen zu sehen, hören oder auch nur zu spüren, jede Nacht, die er sie wieder betritt, verliert er nicht nur sich selbst, sondern auch die anderen, in The Zone gibt es nur *einen* großen, gemeinsamen Schmerz.

Und wie er da im Wasser liegt oder sich vom Boden erhebt und die jetzt wieder leere und verlassene und vollkommen gleichgültige und nichtssagende *Zone* betrachtet (die noch nicht mal ein Schuppen ist, nur ein Zwischenraum, eine Passage von nichts zu nichts anderem), denkt er, dass, im Gegensatz zu den Nächten in der Wohnung mit ihrem übermenschlichen

Willen zur Form, den Nächten in The Zone jegliches Gespür für oder jeglicher Wille zur Form mangelt. Im Gegenteil, das Leben – oder der Tod, es gibt keinen Unterschied – in The Zone ist die Auflösung jeglicher Form, es gibt keine Regeln und kein Gesetz, aber auch keinen Aufruhr gegen das Gesetz, keine Überschreitung, keinen Willen zu etwas anderem, keine Herren und keine Knechte, und keinen, der ein Recht auf etwas hätte, weder auf einander noch auf sich selbst, es gibt keine Befreiung und keine Emanzipation, es gibt nur:

Und wenn er auf die andere Seite geht, ins grelle Licht der Toilette, und versucht, etwas im Spiegel zu erkennen, oder im dampfenden Wasser in der Wanne liegt und von Zeit zu Zeit zur Tür schielt, als erwarte er, dass Peyton jeden Augenblick reinkommen und das Leben damit endlich anfangen könnte, doch das tut sie nicht (oder noch nicht), sie ist verdammt noch mal in Pittsburgh, wo sich nicht nur Warhols Abwesenheit, sondern auch Duchamps *Großes Glas / Large Glass* befindet, das sie aus irgendeinem Grund, den er nicht zu erfahren wünscht, nie erwähnt hat, in einem großen, bestimmt mattweißen Raum im The Pittsburgh, nein, fuck, The Philadelphia Museum of Art, das er nie im Leben sehen wird, das am meisten durchanalysierte und interpretierte Objekt des

Jahrhunderts, das sich dennoch, wie ein schwarzes Loch in der Zeit, weigert, Licht abzugeben, obwohl es buchstäblich durchschaubar ist, eine banale Glasplatte mit ein paar öden bräunlichen Klecksen oder Figuren, in denen man, aus dem simplen Grund, dass man ein Mensch ist, mit etwas gutem *Willen,* aber auch ohne, eine Art Menschen erkennen kann, sieben Junggesellen oder »bachelors«, die vielleicht doch eher kleinen Maschinen oder Zahnrädern in einem stehengebliebenen Uhrwerk ähneln … denkt er zurück an die Nächte in der Wohnung, als er zuerst geglaubt hatte, die zwei bleichen, schmächtigen blondierten Wesen wären Gastgeber (»hosts«) und er der Gast (»guest«), bis er einsah, dass sie seine Herren waren und er der Knecht, aber in einem Spiel oder Ritual, bei dem er der Herr war und sie seine Diener, dafür aber Herren über das Spiel, er war bloß eine Spielfigur, die nach und nach anfing, die Regeln zu verstehen, und erst versuchte, sie zu brechen, zu revoltieren und sich von den Regeln zu befreien, und, als sich das als unmöglich erwies, resignierte und erst da plötzlich verstand, dass der Ausweg (oder die Lösung) nicht Revolte oder Überschreitung hieß, sondern im Gegenteil wie ein Mittelaltermönch in *Höchste Armut* die Regeln so perfekt zu befolgen, dass er sich am Ende nicht von den Regeln unterscheiden ließ, was immer er auch in den letzten Nächten in der Wohnung getan oder gesagt hatte, er war das Gesetz.

Warum war er dann aber gegangen, warum war es notwendig gewesen – sie hatten ihn ja selbst, ohne ein Wort, darum gebeten, ihn *angefleht* –, sie sterben zu lassen und ohne sie weiterzumachen? Was immer auch geschehen war, dachte er, hatten sie sich in den Nächten in der Wohnung stets an den Regeln und am Gesetz / Leben als Form orientiert, sei es beim Versuch, es zu brechen oder zu überschreiten, oder es einzuhalten und ihm bis in seinen Fluchtpunkt zu folgen oder, wie er, selbst zum Gesetz zu werden. Aber das hier, dachte er, der Tod oder das Leben in The Zone, ist jenseits des Gesetzes und jeglicher Vorstellung davon, jenseits des Verhältnisses von Herr und Knecht, Meister und Novize, Ich und Nächstem, das hier, dachte er, ist eine völlig andere Form von Leben, ein Leben ganz ohne Zweck, das absichtslose Leben.

Aber jemand muss The Zone doch gebaut oder aufgestellt haben? Ja, natürlich, aber nun waren sie fort, wer immer sie gewesen sein mochten, so waren sie tot. The Zone war ein Relikt, eine Ruine, aus einer anderen Zeit. Die jetzt vorbei war.

In einer anderen Epoche der Menschheitsgeschichte (vielleicht bloß ein paar Jahre früher) war The Zone eine Sensation, *the place,* gewesen und hatte dem Club und dem Gebäude den Namen gegeben. Jetzt war sie nur ein Korridor, der nirgendwo hinführte und aus unerfindlichen Gründen nicht entfernt worden war, eine Ruine, wie Stonehenge, aber ohne Mysterium, dieser schwarze Korridor war bloß hässlich und gleichgültig, ein Zwischenraum, eine Passage von nichts zu nichts anderem.

Und eines schönen Nachts, dachte er, war er gekommen, mit seinem Blick aus einer anderen Welt hatte er sie gesehen und gesehen, dass The Zone die Öffnung in der Geschichte war, die er gesucht und auf die er sich ohne es zu wissen die ganze Zeit hinbewegt hatte, nicht in gerader Linie, sondern in einer Spirale oder eher aus einem Labyrinth: seinem eigenen Fluchtpunkt und dem der Zeit und der Stadt entgegen, und dass sein letzter Schritt ins Dunkel der entscheidende war, weiter, als sie in der Wohnung hatten gehen können, der Schritt, für den die Zwillinge sich geopfert hatten, damit er ihn, ohne sie, nach ihnen, machen konnte, den Schritt von der Form ins Formlose …

Und eines schönen Tages, oder Nachts, und ohne, dass jemand es beschlossen hätte, waren die Menschen wieder in The Zone gegangen, ohne mehr an etwas zu glauben, ohne einen Traum von Erlösung, Befreiung, einer neuen und gerechteren Welt oder Ordnung, und ohne irgendein Recht, weder auf sie, einander oder sich selbst, hatten die Menschen The Zone in Gebrauch genommen …

Und wie er ungesehen im Dunkel unter dem wiegenden Spiegel des Wassers lag, dachte er, dass er sich nicht geopfert hatte, es gab kein Kreuz, er hatte sich nur hingegeben, er ließ sich gebrauchen, nackt, von wem? Wer immer sie – zufällig – waren, die Menschen, in dieser Stadt, in dieser Welt, ohne Zweck, es gab weder Heil noch Erlösung, aber auch keine Rechenschaft, kein Jüngstes Gericht, es kostete sie nichts, sie wussten nicht einmal, wer er war, die wenigen, die ihn hatten kommen sehen (die beiden Türsteher mit den Kosakenmänteln, der schwarze Obdachlose, der jetzt, »God bless you«, seine rote Jacke trug), hatten ihn sicher bereits vergessen, er war dabei, in sie alle hinein zu verschwinden …

Und eines Morgens, als er The Zone verlässt, geht er *for some reason* plötzlich nach Norden auf der Eleventh, die zur West End Street wird, auf den Broadway stößt und ihn durch die 106th Street nach Westen zum Riverside Drive schleudert, wo er am Fuß eines Gebäudes stehen bleibt und den Kopf in den Nacken legt und fünfzehn Etagen hochsieht und noch höher, bis das bleiche weiße Licht des Wintermorgens ihn blendet. »Who is it?«, fragt eine Stimme, die gleichzeitig wie die eines Kindes und einer kleinen, älteren, von Norden aus Chinatown zugewanderten Frau klingt. »I have come to see Mrs. Sontag«, sagt er. »Madam Sontag doesn't see anyone today«, sagt die Frau, die vielleicht ein Kind ist. »I know«, sagt er, »she's been waiting for me, she met me one night down on Wooster Street, tell her and you'll see.« Die Gegensprechanlage scheppert, er wartet ein bisschen, dreht sich um und sieht durch die kahlen Bäume über den Hudson River auf die andere Seite, die flach und nichtssagend ist und Amerika heißt. »Okay«, sagt die Stimme, »you can come up.«

Und dann sitzt sie endlich vor ihm in dem weißen Lehnsessel, der jetzt ein Sofa ist, der Silberstreif über ihrer Stirn ist ein Diadem oder, warum nicht, eine neue Eiszeit, ihre Brauen, ihre Wimpern und Augen so dunkel, wenn sie sie schließt, sieht er die Falten, groß und schwer, wie die Lippen, die Wangen, die Stimme, die sinkt und sinkt, durch die Zeit und weiter durch die Geschichte hinunter zu aller Dinge Anfang und weiter, und er denkt, dass sie kein Mensch mehr ist, wie er ist sie eine lebende Tote, ihre eigene

Vorstellung von sich selbst, die Sphinx, selbst hier, wo sie zu Hause ist, ist sie nicht zu Hause, er hört nicht, was sie sagt, er ist nicht gekommen, um sie reden zu hören, sie sagt, das sei der Unterschied zwischen Europa und Amerika, der Alten und der Neuen Welt, »the Menendez brothers«, sagt sie, »wer?«, sagt er, aber sie versteht ja nicht seine Sprache, sie *kapiert es nicht,* »Oedipus«, sagt sie, Ödipus erschlug seinen Vater und heiratete seine Mutter und zeugte mit ihr vier Kinder, »two sons and two daughters«, und als er begriff, was er getan hatte, riss er sich die Augen aus, »he tore his own eyes bloody out so that he should never again see this world or his own face in the mirror of the water turned to blood he drank; but the Menendez brothers«, sagt sie, die Menendez-Brüder erschossen ihren eigenen Vater von hinten, im vollen Bewusstsein, dass er ihr Vater war, *weil* er ihr Vater war, vergewaltigten ihre Mutter, *weil* sie ihre Mutter war, und schossen danach auf sie, »I don't know how many times«, bis sie, »finally«, nicht mehr sehen konnten, wer sie gewesen war, »and then«, sagt sie, »then they got into the car and went downtown to the movies to watch *Batman; that's* the difference, then and now«, sagt sie, und er denkt, dass sie kein Mensch mehr ist, sondern ein Monster, wie Willem (will heißen Jesus) und er selbst.

Neujahr, in der Abenddämmerung nach der siebten Nacht, nur eine Stunde, bevor Peyton aus Pittsburgh zurückkommen und das Leben endlich beginnen soll, steht er auf, doch ohne die Hähne aufzudrehen, zieht sich an – die schwarzen Levis-Jeans, den schwarzen Rollkragenpullover, Warhols blanke schwarze Schuhe –, legt die Schlüssel mitten auf den runden Tisch und geht zur Tür raus und schlägt sie hinter sich zu.

Er kehrt nie zurück, weder zu Peyton noch in die West 25th Street oder The Garage. Und Willem? Der Erlöser? Ein Mal vielleicht, an einem Abend im Januar 1994 oder 95, kommt er zum dritten und letzten Mal abhanden. Und steht vor der Tür der Bar. Und geht hinein. »He's back! He's back!«, jubeln die Betrunkenen, die ausgelassene, euphorische Schicht von Bankern, credit default traders, currency traders und future asset traders Manhattans, die nicht mehr von Brot, Gold oder Öl leben, sondern einzig von Hoffnung und Erwartungen (auf eine Zukunft, die, das wissen sie, nie kommen wird), mit denen sie zu stets und exponentiell steigenden Preisen handeln und die bald und ehe sie's ahnen, an einem zufälligen Vormittag im September sechs oder sieben Jahre später, endlich von ihrer letzten Verbindung zur Erde und *la vie materielle* befreit und durch die Fenster (in den zwei Türmen, deren Schatten er zweimal völlig unberührt durchquert hat) in den freien Fall hinausgeblasen werden, »he is among us!«, jubeln sie, »he is among us!«, als er sich zwischen sie an die Bar drängt, wo das Mädchen aus Otterville, Missouri, schon parat steht, heute Abend in einem weder hellgelben noch wüstensandroten, sondern lavendelfarbenen Rollkragenpulli, sie knallt ihm sein übliches Heineken auf den Tresen, an seiner Seite, doch diesen Abend an seiner rechten, steht wieder Paul aus *Mad About You,* »so you really are him, you fucking … Christ!«, ruft er und schnippt mit den Fingern und bestellt eine Runde, »for everyone, every single selling and buying human creature in this fucking … bar!«, und bittet das Mädchen um die Rechnung. »No«, sagt er, ohne ein Wort, legt bloß seine Hand auf die Hand von Paul, »this time it's, all, on me.« Dann zündet sich das Mädchen mit dem lavendelfarbenen Rolli zum dritten und letzten Mal die Zigarette an, Marlboro, same procedure as always, nimmt einen tiefen Zug und lässt den Rauch quillen, lehnt sich durch die Rauchwolke vor und steckt sie ihm zwischen die Lippen. Er raucht, trinkt aus, wendet sich der Menge zu und segnet sie alle, »see you guys«, sagt er und weiß, es ist eine Lüge, seine erste und letzte, und quetscht sich an ihnen vorbei zum Ausgang …

doch das Gedränge ist jetzt zu heftig, er muss einen anderen Ausweg finden, dort drüben in der hintersten Ecke, zwischen den Spiegeln rechts neben der Toilette, ist da nicht eine dritte Tür, doch, und ob, *er quetscht sich durch die immer dichtere Menge, aber als er es endlich geschafft hat, erst dann, sieht er das Schild über ihr:* THIS IS NO EXIT. *Das gilt doch wohl nicht für mich, denkt er. Und öffnet die Tür. Und geht raus.*

MIX
Papier aus verantwortungsvollen Quellen
FSC® C083411

Verlag Kiepenheuer & Witsch, FSC® N001512

1. Auflage 2020

Titel der Originalausgabe The Monster

Published by Agreement with
Copenhagen Literary Agency ApS, Copenhagen
Aus dem Dänischen von Hannes Langendörfer

Umschlaggestaltung Barbara Thoben, Köln, nach einem Entwurf von Thomas Joakim Winther für Gyldendal
Gesetzt aus der Minion Pro
Satz Buch-Werkstatt GmbH, Bad Aibling
Druck und Bindung CPI books GmbH, Leck
ISBN 978-3-462-05310-4